时光会记得，一路的温暖与孤独

周鹏鹏 / 著

新世界出版社
NEW WORLD PRESS

图书在版编目（CIP）数据

时光会记得，一路的温暖与孤独／周鹏鹏著.
—北京：新世界出版社，2015.6
ISBN 978-7-5104-5371-7

Ⅰ．①时… Ⅱ．①周… Ⅲ．①散文集-中国-当代
Ⅳ．①I267

中国版本图书馆CIP数据核字（2015）第158635号

时光会记得，一路的温暖与孤独

作　　者：	周鹏鹏
责任编辑：	黄晓林　周　珊
责任印制：	李一鸣　黄厚清
出版发行：	新世界出版社
社　　址：	北京市西城区百万庄大街24号（100037）
发行部：	（010）6899 5968　　（010）6899 8705（传真）
总编室：	（010）6899 5424　　（010）6832 6679（传真）

http://www.nwp.cn
http://www.newworld-press.com

版权部：+86 10 6899 6306
版权部电子信箱：frank@nwp.com.cn
印刷：三河市骏杰印刷有限公司
经销：新华书店
开本：880×1230　1/32
字数：160千字　　印张：8.5
版次：2015年9月第1版　2015年9月第1次印刷
书号：ISBN 978-7-5104-5371-7
定价：29.80元

版权所有，侵权必究
凡购本社图书，如有缺页、倒页、脱页等印装错误，可随时退换。
客服电话：（010）6899 8638

你我,
终会向着各自的人间告别,
最终,
只剩岁月柔软中,
敬拜花香。

如果你要
幻想着涛声得意张狂。
那我
宁愿选择踏上征途
拥抱一整片海洋。

某年某月，遇见一个别人，
回忆一座空城。

某年某月，等待一场春雨，
苏醒一个自己。

某年某月，落幕一场喧嚣，
温暖一夜孤独。

我把故事点成一盏灯,
它就能亮着永恒。
有如人生,
若是活成一场等待,
该是何等的期许。

前言

这一路,向来芬芳

许多路,当真要走到某个段口,才能用不经意的姿态回眸。

许多不敢碰触的心事和感受,当真要等到多年后,才能用自然的语气说出口。

当我缓慢而坚定地前行,才发现,曾经的义无反顾,其实也不过是一个意义不明、风景模糊、前途未卜的目的地而已。但那一腔热血滚滚地燃烧,好像赋予它什么意义,变作了生命的里程碑。

原来,这世上任何一种坚强,都是柔软生的茧。而最寂寞的天空,往往灿烂无比,无人欣赏,独自锋芒。

在时光的锦绣中，一针一线，带着诱人的体温和血珠，终成流年风光。

记得那年八月十五，本该有迷人的月色和团圆的欢喜，但是，为了一个连自己都不确定的未来，我提着小小的行李箱，义无反顾地离去。

没人告诉我，前方世界充满诱惑和危机，那时，我一如无尾之鱼，不知所归。

坐在绿皮火车中朝外望去，只剩苍茫夜色和几许灯光，恍惚之中，我感觉着每一盏灯下的故事——

等待，离别，相爱，分开。

我不敢妄自揣测那些隐秘，它们像那些灯光一样匆匆掠过我的视线，没有留下任何线索，那是别人的人生，不是我的。

我只是过客，不是戏中人。

我要去往一个未知的城市。

我要告别那些单薄的灯光。

我要在霓虹下找到自己的位置。

那时，我以为离开是偶然，相遇是偶然，重逢是偶然……却发现聚散无常，路一直都在脚下。

只是时光清浅，一切只为心安。在寒冬里蜷缩，却是为了春暖花开的温度。

我曾经端着泡面在街头扯着沙哑的嗓子叫卖，热气在寒冷的冬夜显得更加袅娜，在这座城市的霓虹灯下显得美丽且易碎。我还记得那个时候，破碎的音节被刺骨的风吹得有些哽咽，我咬着牙把翻涌上来的悲伤吞下去，因为我还要打起精神赚下个月的房租。

我曾经在大街小巷中四处奔走，那些花花绿绿的招聘信息堆满了我小小的出租屋。白天是忙碌地工作——我必须养活自己，我必须在这里扎下根——晚上便在昏暗的灯光下，把有用的信息一个个圈出来，在这个陌生的城市，我不只要扎根，更要开出花来。

我曾经看着这座城市的灯火阑珊，脱下所有的伪装，沉默地落下泪，廉价的出租屋里，粗糙的隔音让放声痛哭也变成了一种奢望。

那段时光，就像一碗中药，煎熬着酸苦，低头不难发现一捧漆黑的药渣，却也可以感受到身体所受的滋养。

于是，那个草率的开始，那个模糊的目标，在一次次跌倒爬起后，在我日渐成熟的成长中，演变成一个坚定的，非到不可的目的地。

一个在远方的原乡，我生来便是为了回归那里。

疲惫后的清茶和暖灯，痛苦时的怀抱和安慰，孤独中的微笑和暖阳……这一路，向来芬芳。

我肆意生长在此时此刻，那些素未谋面的人都是我的旧友，那些从未踏足之地都是我的故乡。过去总能成为过去，现在依然还是现在，未来一直都是未来。岁月没有给我决定生死的权利，时光却教会我爱和生活的勇气。

感谢时光的记忆，感谢一路的温暖和孤独。

目 录

第一章
吻着时光，走过流年

慢慢来，刚刚好（一）/002
慢慢来，刚刚好（二）/008
只是不赶时间 /013
和时间一起奔向要去的地方 /016
心底无法抹去的天真 /020
在行色匆匆中简单装备 /025
让远方是远方，让生活是生活 /029
等待一个人的演唱会 /033

第二章
一个人遇见安静的自己

你在阳光里,我也在阳光里 /040
奔赴一场随意的真实 /044
给了我翅膀,我却忘了飞翔 /047
灵魂,一直在路上 /050
不畏过去,不念将来 /055
静好此刻,抵得过似水流年 /058
流年如烟火,岁月似冬蝉 /063
终有一天,你会忘记 /067

第三章
双脚在,就会有山高水长

路再长,也长不过34码的脚步 /072
窗里窗外 /075
只不过是一场习以为常 /080
缘是镜中花,留在镜中死 /084
回家的路,总在脚下 /092
悲伤的结局中不愿做谁的悲伤 /097
留住你脚步的那几个人 /101
走在路上,抑或从未远行 /107
天已微凉,人已生长 /112
足够坚强,再聊梦想 /117

第四章
在最温暖的地方等着未来

为了什么值得的东西 /122

即使累了,也只能休息在风里 /125

有种感觉,值得一生那么悠长 /130

清淡的季节里等不到花香 /134

木鱼和金鱼 /138

谁又嘲笑了谁的狂妄 /142

奔赴一场或悲或喜的未知 /146

涧户寂无人,纷纷开且落 /149

等待谁的风光,谁的彷徨 /152

第五章
在简单粗暴的世界里柔软安宁

愿意沉重地走下去 /156

你是我的主角,我是谁的过客 /161

太阳很远,却终有阳光 /166

不忘初心,方得始终 /169

眉眼之下,一片桃花 /174

幸福旁边,荒无人烟 /179

最后的最后才是生活 /183

谢谢我自己来过这个世界 /187

第六章
不要荒废孤独的时光

时间会为你疗伤 /194

所有相遇,都是一场度化 /198

疲惫时光里的芳香 /201

你是那道不那么累的风景 /205

回忆的岁月里,我们放肆而乖张 /209

只想安静地喝上一杯茶 /214

辗转在谁的天涯海角 /216

丑小鸭,其实你很好 /220

第七章
从来没有太晚的开始

懂了花,无关乎是否灿烂 /226

一种开始,等不到告别 /230

没说完温柔,只剩离歌 /235

不忍放下,不求放下 /240

真爱·珍爱 /244

种种爱前,一切刚刚开始 /249

自己的故事,自己终了结局 /253

第一章　吻着时光，走过流年

【别为旧的悲伤浪费新的眼泪，别在唾手可得中迷惘，你总要活成一个方向，活出一个地方。】

慢慢来，刚刚好（一）

换个角度看看，忙了或者闲了，并不会相差太多，慢慢来，人生哪里需要这般慌张。

我们常常在忙碌的生活中忘记最初的自己。我们忙着工作，忙着在这繁华却冷清的城市中站稳跟脚，然后弄丢自己，用那些看起来合理实则荒诞的理由。

那些位置偏僻的咖啡馆是我常去的地方。它们像是一个足够安全的避风港，乌托邦式的安全感，让我在生活的喧嚣中找到心灵的归属。

我经常什么都不做，只点一杯味道醇厚的黑咖啡，坐在临窗的位置上，视线掠过，看时间的轨迹如何落在这个世界上。它落在咖啡店里最靠里的角落，落在不远处交谈的人脸上，落在路对面低矮的商铺阁楼上，落在只有远处高楼塔尖才能看到的高度上，然后落在初上的华灯上。

时间像这世界上最精密的丈量工具，一小寸一小寸地，为我绘制出这个世界最真实的样子。这些不加修饰的景象就像手中的咖啡，一口口的苦涩下，品出的是最醇厚的甘甜。

这个时候的我是最自由的，不必为所谓尘世的梦想而奔忙，也不必为某些利益得失而焦虑，只闲闲地体悟人生，体悟现下的状态。

这样的平静和体悟只有时间才能给我。

太多的成功理论教我们如何保持足够的热忱去追寻这世间的名和利。我们被纵横的物欲迷惑了心智，什么都不管不顾，马不停蹄地只想朝着所谓的目的地奔去。

让自己脚不沾地行走的人生才会更有意义吗？为了一个看不清轮廓的目的地，错过生命中的另一种美好，就是我们真正想要的吗？

我见过许多年轻人，在咖啡店里买价格高昂的咖啡，却总是脚步忙碌，就着还冉冉上升的热气皱着眉一口气喝完它。

这样急切，再好的咖啡尝在口中，也是没有滋味的。

在闲暇的时光里，我也喜爱有一杯香醇咖啡的陪伴，却不会急切地就着滚烫去品味它们，沸水和着咖啡因熨烫肺腑的痛感，不但失了香醇，还伤了自己。

我只是将它放着，慢慢等着它褪去艳丽的华装，换上秀气的短襦，显示如小家碧玉般的美。

其实，这个时候的咖啡才刚刚好。

就像最完美的人生状态，不急不躁，慢慢来，这样的人生才是刚刚好。

不是只有跌宕起伏、起起落落才算是无愧于人生。

在多变的人生进程中，如果放慢脚步，就能体悟到生活别样的平淡之美。

面对这样的人生，一两个追求上的失意，又算得了什么呢？

很多时候，我们都因为未竟的目标而焦虑，生怕自己失掉了这个目标，也会失掉下个目标一样。我们总是拥有太多想要实现的梦想，我们在忙碌中疲惫，在清闲中焦虑，而其实人生哪有这般纠结呢，忙碌时停下脚步看看夜景，真正无事可忙时，干脆背上行囊，去一直心生向往的远方看看。换个角度看看，忙了或者闲了，并不会相差太多，慢慢来，人生哪里需要这般慌张。

这不由得让我想起了大学毕业那年。

关于大学毕业那年的记忆，似乎到处都是忙碌的身影：实习、工作、毕业、答辩、合影、聚餐，然后就是各奔东西，难再相见。我们在半年的时间里将这些烦琐到难以想象的事情完成，然后在尚且懵懂之时，便被推向了社会，走向那个从未触碰过的新世界。鲜花和野兽，都是不得不打起精神去面对的现实。

当我开始收拾行李箱的时候，相识的人还有大半，等我拉紧行李箱准备离开的时候，这些人已所剩无几。这里的一砖一瓦曾经陪伴着我度过四年春秋，我记得它的纹路，可是它们终会将我模糊的眉目彻底忘却。

我用四年最美丽的时光记下它们的模样,这些岁月将被放在心里珍藏怀念,可它们只消一天,便能将我彻底遗忘。总有一天我将不再年轻,但我一定会记得,曾经的我,在这里煮沸过我心里那一腔血液。

我曾在这里挑灯夜读,只为一本也许意义并不大的外文小说。

我也曾抱着书沉默地走完学校的每一个角落,做了许久的兼职,然后买下了那套色彩斑斓的画笔。

有人疑惑不解,挑灯夜读不就是为了更高的分数和奖学金?走完学校的时间不如在图书馆背几篇英语作文。兼职赚来的钱是不是该买套更精致的化妆品?好看的皮囊有时候比粗糙的画布更有价值。

我不禁反问:年华这么好,我有足够的兴致和精力去做让我觉得愉悦的事情,未来在不远处耐心地等我,我走那么快做什么呢?

而当今天我终将告别这里。

我终于不用像你们一样长吁短叹,那些好年华里没有耐心地等一等想多看看风景的自己。

走得慢一点,你看到的和我看到的就是不一样的。

人生就像一段长长的旅行,我们要做的是寻到那些美景,感悟那些深情,然后各自道别,在心中留下一个模糊的空位,用于未来怀念。所以又何必总是急匆匆的呢？

那些你得到的、失去的、拥有的、放弃的，时光让它们充盈你全部的灵魂。并且，唯有这样的人生才显得完满，才值得经营。这是岁月和生活给你的礼物，请你悉心妥帖地珍藏，一生也许仅此一份，错过太可惜。

三毛在她的集子《随想》里曾说，"我不赶时间的时候尽可能走路，这使我脚踏实地……我不妄想，迫使心清心明；我避开无谓的应酬，这使承诺消失；我当心地去关爱他人，这使情感不流于泛滥；我绝不过分对人热络，这使我掌握分寸；我很少开口求人，这使我自由……我看书，这使我多活几度生命"。

走得慢一点，欲望是没有止境的黑洞，脚步再快也无法赶上欲望的滋生速度。你喜欢的大衣，你熬上许多个夜晚拿工资买下它，它却在新款上市之后就被你藏入衣柜，可是你只身旅行遇见的那个会唱法语歌的少年，却在你记忆中开花结果，永不会老去。

不如，就放慢一些。

放慢生命的脚步，放慢生活的节奏，放慢人生的盲目追求，放慢对财富拥有的执着。

不再焦虑生活的状态，不再忧虑你的所得所失。这样，就刚刚好。

不必再提富翁和渔农的故事，谁都明白，分开后，富翁仍是富翁，仍会继续追逐他的财富，而渔农依然是渔农，会继续躺在沙滩上，晒他的大太阳。

他们有着各自的梦想，也会继续做各自的梦。

他们在各自的梦中看见最想要的那个自己。

人生中总是存在着很多不期而遇，让徐志摩碰上了陆小曼，让梁思成遇上了林徽因。爱情的美好，成就了他们的姻缘，而爱情中的那些缠绵悱恻，泪水和失意，也被时间打磨成为他们人生故事中的经典，像钻石那样发出永恒的光亮。

曾经的情恨交织、貌合神离，曾经的阴阳两隔、缘深缘浅，都让无数人为之倾怀，为之泪落，为之叹惋，为之伤怀，那是他们的爱情，那也是我们所有人的爱情。感同身受，感动叹息，仿佛另一副血肉。

就像春娇恋上志明，在酒店开房的那一刻，也许就可以将他们的关系推上"快车道"，然而春娇哮喘病的发作，让恋爱中的两个人尴尬到了顶点。同时达到顶点的，还有观众们可能的失望，以及包含在失望情绪中的更大的期待。

我们似乎总能找到这样的桥段，在电影中，也在我们的生活里——这就是我们受到欲望支配的生活的面貌，只是很多人不想承认罢了。

但终究是受到了欲望的奴役和驱使，于是我们生活在各种各样的追寻中，有的会因志得意满而张扬，有的会因不尽如人意而愧惭。也许只是导演的一个小小玩笑，却品出人生几分无奈与几分感慨。

但导演彭浩翔终归还是会让人满意而归，志明的一句"急什么，我们又不赶时间"，把人生归结到一种最令人满意的状态。我存在，我爱。

时间是我的朋友，我们应该并肩作战而不是相互追赶。

我只要慢慢走，风景正好，身边有你更好。这种状态，就是我的刚刚好。

慢慢来，刚刚好（二）

因为说走就走的勇气，不是每个人都可以穿上的战衣。

我的书房中有个大大的飘窗，我常常坐在飘窗前，半开着窗，任款款清风撩起薄薄的窗帘，探看窗内的情景。就这样静静地阅读手里的书，被书中的故事情节感动着。偶尔拨弄着懒在身边的猫，感受平凡生活中的平静状态。

但是"无为"的理想状态在现实的面前，终究只能是一个小心翼翼、不可触碰的美丽梦境。飘窗和咖啡馆是个浪漫的梦，岁月纵然待我万般仁厚，但梦终究会醒来，我要在现实中站稳脚跟，就不能全身心依赖着脆弱的梦境。

现代职场生活几乎让每个人都成了"多面手"，他们都在不停的磨炼中，变成了职场上的"变形金刚"。自然，我也不例外。

我们化着最精致的妆，提着昂贵的手包，我们在所谓成功路上孤独地前行。

我们往往在现实和理想中奋力挣扎，一边都想变成世界上独一无二的某个人，一边又不得不在平凡生活中继续打起精神好好拼搏。

就像《一个人的朝圣》所讲述的那段平凡人的不凡故事。

在所有人看来，如果不是因为一封突然接到的信，主人公哈罗德·弗莱退休后的生活，一定还是像一壶永远没有沸点的水。

退休后的哈罗德·弗莱生活在英国的乡间，生活平静的背后，岁月将他和妻子几十年来日积月累的巨大隔阂演变成一片隐藏的惊涛骇浪，只需要一颗小小的石子，就可以打破表面所谓的平静。

而二十多年前的老同事奎妮的一封信，就是那颗石子，不仅将看似平静的生活彻底打破，也让哈罗德·弗莱开始了一场看似荒谬却不平凡的旅程。

哈罗德·弗莱最初只是想到远一点的地方去邮寄给奎妮的回信，没想到居然能一次次走得更远，背对着家的方向，让自己离家越来越远，离开那些郁结和疲倦，心里却开始变得出奇的平静。

而当他来到镇上，碰到了一个小女孩后，他很久都未曾澎湃过的内心，终于又涌动起了一个信念：一路走着去看老朋友奎妮，只要他走，奎妮就一定会活下去。

这是小女孩给他的信念和想法，并且一直激励着他不停地走下去，一直到六百多英里以外的、位于最东北的苏格兰贝里克郡。

于是，一个六十岁的老人，没有手机、没有地图、没有计划地不停地走，甚至还穿戴着惯常穿戴的衣服和鞋子，就这样穿越整个大不列颠，一直走到奎妮所在的安宁疗养院去。

在行走的途中，哈罗德·弗莱碰到了太多的人，有的是为他的行为欢呼打气，有的则是冷嘲热讽、嗤之以鼻。

以勇气和信念作战袍的哈罗德难道会因为这个，就半途而废，打道回府吗？

可如果故事的主角换作是我，情况却可能会大不相同，甚至可能干脆就没有了后来的故事。

因为说走就走的勇气，不是每个人都可以穿上的战衣。

尽管在职场上雷厉风行，但我也常常会有犹豫徘徊的时候，尤其是有时会过分考虑周围人的看法，结果让很多事情都无法实现，中途下马。

但这段旅行的主人公是哈罗德·弗莱，所以答案也相当干脆——当然不会！

那是只有靠义无反顾的改变才能得以继续的人生。

在酿酒厂做了四十年销售代表的哈罗德·弗莱,一直是厂里最默默无闻的一个,甚至为了避免和别人的冲突而错过了太多的东西。到了退休年纪将要离开酿酒厂的时候,甚至连个像样的欢送会都没有,完全是悄无声息地从人们眼前消失的,他像是一个隐形人,存在感几乎为零。

所以,他全然不顾冷嘲热讽者的嗤笑,坚持以自己的方式,完成这次漫长的旅行,好让老朋友奎妮有坚持活下去的勇气。并且,他也坚信自己能够做到这些。

这趟旅行,不再是一次普通的探望,不再是一次冲动的出发,甚至不再只是对生活的逃避。

他在找,他在六百多英里的漫漫长路中,渴望找到自己的灵魂和真我。

于是,这六百多英里的漫长路程,也就成了哈罗德·弗莱的"朝圣"之路。

我常常也会去想,我的"朝圣"之路又该朝向何方呢?

是不是也需要像哈罗德·弗莱这样,进行一场拔腿就走的"朝圣"之旅呢?

我时常梦到自己站在悬崖边上张望脚下,也时常伴随着身体惯性下坠对心脏的冲击,从梦中醒来,看看身边安睡的丈夫,再悄悄地起身下床,轻轻开门,看看单独安睡的孩子,看他们甜美安睡的样子,心中的恐惧才能慢慢消退。

人们常常说,内心的焦虑和恐惧往往来源于不确定。

这个世界走得太快，快到我根本不敢停下脚步休息一下。

相较于很多人来说，我更有勇气一些。我敢剖开自己，正视内心最真诚的期待和最原始的欲望。

可是看见了又能如何呢？我依然在不安感中试图捕捉一些能安定下来的证据，我需要一些可以证明自己的东西，支撑自己在这个步履如飞的世界里，像个异类那样独独地放慢脚步。

我们在不断的自我否定和自我怀疑中寻找新的出路，在寻求内心安定的路途中，也像个虔诚的朝圣者那样，朝着目的地坚定走去。

如果我对婚姻的安定充满信心，如果孩子真的能在我满含爱意的眼神中顺利长大，如果我的生活不因我偶尔放慢的脚步将我抛弃。

那么在这条朝圣的路上，也许我能走得更坚定一些。

而这样的安全感恰恰来自人格和经济的独立。只有等我们真正强大到可以抵挡住一切的那一天，我们才可能获得真实的心灵的自由。当我们终于在内心找到那样一个非去不可的目的地，当我们终于有那样走下去的决心和勇气，才能像《一个人的朝圣》中的哈罗德·弗莱那样，不再考虑到底还要走多少路，只是走开去，一步步地抬动双脚，就能离目标越来越近，管他什么冷嘲热讽！

只是不赶时间

不以争分夺秒来获取人生的价值,平静才是生活本该有的旋律。

一个高考失利的青年,一个在山路上走了二十多年的乡村邮差,一条陪伴邮差无数次往来于邮路上的狼狗,还有一位掐算着时间,等在村口的妻子和母亲,从等待她的丈夫开始,变成了如今等待她的丈夫和儿子。

他们不以争分夺秒来获取人生的价值,平静才是生活本该有的旋律。

谁说非要掐着时间飞快向前奔跑的人生才有意义。

这个看起来有些乌托邦式的画面,就出现在一部叫作《那山那人那狗》的电影中,简单的意象,没有情感的激烈冲突,电影的慢镜头拉扯出一整个人生。

"慢"才是这部电影的主色调。

看这样的电影是需要耐心的。

现在的人们往往没有足够的耐心去花时间看一场这样的电影,他们看大手笔的灾难片,他们喜爱捧着零食看别人剧烈的爱和恨来缓解生活的平淡。

电影中的感情冲突太平淡了。

只有有心人才能从平淡中看到生活。

高考失利的儿子接过父亲传承下来的职业时，渴望的是得到父亲以及乡人的信任；强烈要求儿子接任自己的职务，并且执意要陪儿子走第一趟差的父亲，渴望的无非是得到儿子的理解，化解父子之间的对立和隔阂；在家的母亲，她是世界上最平凡的女人，渴望的只是一个肉眼可见的归宿，让曾经忙于邮递的丈夫和第一次走上邮路的儿子，都能平安归来。

我们都曾幻想自己是电影中那个能文善武的主角，聚光灯下的焦点，可其实那个想闯出去，却为了生活不得不接受父亲衣钵的儿子，那个被现实打磨得再没有棱角，却背负着整个家庭责任的父亲，那个守着一眼就可以看到头的未来的女人，他们才是所有平凡人最真实的缩影。

虽然这部剧中，隐约会有一丝宿命论的味道，可宿命不全是消极。很多信命的人，因为知道注定的终点，所以他们平静接受岁月，从来不强求。

能在平淡生活中安之若素的人，才是人生这部剧中的真正主角。

当儿子接过父亲的这副重担的时候，他所接受的，还有父亲曾经的一切——不管是跟随父亲一起走的狼狗"老二"、定期邮寄给五婆的并不存在的信、落脚的侗寨、没膝的小溪，以及居住在深山中的、不同于外界城市生活的生活方式。

可是在接过重担的同时，儿子想要走出自己的路来。

承担并不意味着全盘接受。

如摇晃在肩头的录音机,播放着的是大山之外的歌曲,以及对父亲一直提醒自己注意脚下的路的不在意。

可他们是整个家庭的希望,一个男人背负的不只是理想,还有对家中那个翘首以盼、等待自己归来的人的责任。

生活是复杂的,有时又是简单的。

它的复杂源于人的挑剔,而它的简单则源于人的单纯。

故事的最后,当儿子反复嘱咐淳朴得没有心机的父亲,不要简单地处理与村里人的关系,不要把生活想得太简单的时候,父亲才恍然觉出,儿子已经不再是自己脑海中的样子,不再是毫无辨识能力的毛头小子,他已经长大成人了。

而这种转变,也让父子之间的地位和角色发生了对调,父亲接受了儿子的热忱、冲动,儿子则接受了父亲的沉静、保守。

他们站在同一条邮路上,用理解,完整了两个人的人生。

儿子接替的,其实不仅仅是父亲的邮包,还有父亲的责任和生活方式。

电影中父子之间的对话并不多。而当儿子问到"乡邮员成天地走那么多不枯燥吗"的时候,父亲的话依旧是平实但意蕴深远——"有想头就不枯燥"。

这想头,不正是父亲的梦想吗?

于是,做乡邮员的父亲,才会提醒儿子要注意脚下的路,才会不紧不慢地,让儿子学会按自己的步伐,丈量那条走了几十年的乡间邮路,从这头到那头,然后再从那头到这头。无论遇到什么样的事情,他都会准时出现在等候在村口的妻子的身旁。

不慌不忙,不急不躁,不赶时间,其实只是为了让人生过得更加坦然,让牵挂自己的人,更加踏实。无言,却爱得深沉。

一辈子其实不长,只需要一步一步地,慢慢走过。

和时间一起奔向要去的地方

真正在生命中放声歌唱的人,他们懂得如何与时间和平共处。

我们像一颗无意中被撒入泥土的种子,生根发芽。

鲜活,而又实实在在。

林徽因说,人生有太多过往不能被复制,比如青春、比如情感、比如幸福、比如健康,以及许多过去的美好,连同往日的悲剧都不可重复。

时光不容许你讨价还价,该散去的,终究会不再属于你。

所以,经常有人感慨着青春的逝去,那些美好的年华就在人们的不经意间,从指缝、脸颊、发梢,甚至一丁点的悲伤中,倏然而逝。

所以才有人感怀青春的美好，正像感怀青春的易逝一样。

所以才有人说，"青春就是拿来挥霍的"。

所有才有人说，"再不疯狂我们就老了"。

可青春年华哪里又是这些条条框框就能定义的呢？

青春不是想当然的疯狂和放肆，更不是畏首畏尾地不敢前行。

真正在生命中放声歌唱的人，他们懂得如何与时间和平共处。

大学总是一个特别的地方，外表再端庄的女孩子，心里也一定住着一个性格刚烈、敢作敢为的男孩子。我们宿舍老二就是这样，刚刚熟识就自称"二哥"。

了解得深了，才发现二哥从来就是个不同寻常的人，虽说她性格大胆豪放，明显的外向，做起事情来却又能显出女孩子特有的那份细腻劲儿来。她像是一个潘多拉魔盒，每一天打开来看，都能给我们新的惊喜。

二哥很嗜睡，每天上课前都要费尽心思赖床到最后一秒，或者干脆把课跷掉，更遑论早起去图书馆自习。一到期末时，寝室的人相约在情人坡复习，被硬拉去的二哥就坐在草地上啃烤红薯。

她从不在意成绩名次，却始终名列前茅。

她是个太聪明的女孩子，她可以去更好的地方。

直到后来，我们才从二哥的同学、同乡那里得知了事情的原委。原来，二哥整个高中时代，都是当地学校的骄傲，是一块响当当的"金牌"，活泼开朗，品学兼优。可是这块完美的瓷器，却出现了裂痕。

高三上学期快要结束的时候，一向大大咧咧的二哥，竟然不可救药地喜欢上了复习班里一个长相平凡的男生，这事很快成为全校师生眼中的"奇闻"。要知道，像二哥这种学习成绩又好，长相又出众的小女生，自然身边少不了献殷勤的人，偏偏入了眼的，反而是其貌不扬的那一个。

这种事情的结果，不说也明白，自然是家长、校方的联合规劝，围追堵截，因为谁也不想失掉这个为自己争得颜面的好苗子，谁也不想二哥就此"堕落"下去。因为这段突然出现的变故，她的学习成绩一落千丈。

现实总是残酷的。

巨大的压力面前，复习班的男孩子先撤退了，但也因此受到了影响，报考了一所离二哥远远的地方院校，而二哥也因为这段变故，最后考到了我们这个不起眼的二流院校，与她本来能考取的、人们眼中的清华北大，相去甚远。

在人人都为她可惜之时，二哥作为当事人却从来不以为意，她说她从来不后悔，在青春最烂漫无畏的年纪，爱过，就算爱不得。

那也是年轻的勋章。

谁说只有名列前茅，前程似锦才叫作无愧于青春。

大学时光是美好的。

大学时光又是易逝的。

在那些没心没肺的笑容中，四年时光很快就过去了。

我们或者考研，或者直接工作，再到后来结婚生子，彼此间的通话频率从一周几次减为一周一次、一月一次，直至一年、两年都难再联系一次。

我们曾经分享过彼此最隐秘的心事，了解过彼此的一点一滴，可是我们终究被风吹散，散落在天涯，靠怀念存活。

如果不是那张远道而来的明信片，我很难再从忙碌的生活中分出心神来想起曾经那个快乐得可以恐吓太阳的姑娘。

看着手中明信片上的地址，特罗姆瑟。

我第一次听说这个名字，是在某次的卧谈会上。我已经记不得那天晚上我们究竟聊了些什么，但我记得那天晚上，有一个姑娘说起她的梦想，她的眼神，像是在沙漠中开出的玫瑰。

那个姑娘就是一向大大咧咧的二哥，她看着我们每一个人，对我们说起这个叫特罗姆瑟的北欧小镇，她说那里有美丽的北极光，她说那里是她的梦。那时的我们只是笑，因为我也曾经渴望去普罗旺斯看一场薰衣草的盛宴。

可现实毕竟是现实，二哥的家境普通，往返北欧的机票费用贵得让人咋舌，而就算有朝一日有力奔赴，生活琐碎，也应该早就磨烂了一颗盲目追寻的心。更何况，那时的二哥比我更不如，甚至连北方都从未去过。

随明信片一起寄过来的还有几张照片，二哥抱着吉他，和一群当地人围着篝火，有人在跳舞，二哥又笑出了她的虎牙，那是我们用多少保养品都留不住的灿烂。她不害怕时间，所以时间不会伤害她。

我突然想起那个时候，在我们每天计划着要去哪儿去哪儿时，二哥是不太参与的，她买了一把吉他，唱些奇奇怪怪的歌曲，现在想来，当时她嘀嘀咕咕的大概是挪威语吧。而如今，我带着孩子，哪里都不再前往，她却站在北欧的小镇上看极光。

就像我们每天都在为流逝的青春和时间讨价还价，而那些像二哥的人，他们却已经和时间一起奔向了想要到达的地方。

心底无法抹去的天真

我曾经的"狂吼"，让我拥有了灿烂的光环，但我并没有甄别，它是不是愚弄我的假象。

那个年代，街头巷尾，人们嘴里唱的，收音机里放的都是邓丽君式的情歌，软软糯糯，行间除了柔就是美。那是整个社会的主流，甜蜜蜜成了生活最美味的调味剂。

每个人都在向往甜蜜安稳的生活，可年轻就是血液里躁动不安的因子，循规蹈矩哪有放肆呐喊来得爽快。

于是我偏偏喜欢上了在当时完全异类的歌坛唱将——崔健，尤其是他的那首《一无所有》，竟然被我唱得有滋有味。

虽然无法拥有像金属般醇厚的音色，但在字字句句中，我也能唱出我的梦。

我曾经问个不休
你何时跟我走
可你却总是笑我
一无所有
我要给你我的追求
还有我的自由
可你却总是笑我
一无所有
……

偶像是有力量的。那个嘶哑着嗓子唱人生、诵理想的男人几乎贯穿了我的前半段人生。

我从小就有"小崔健"的雅号，我能唱完他的每一首歌，小小的女孩摇头晃脑，听不懂一字一句的真理，只懂得跟着唱，却依然充满力量。

那时的我，已经初步彰显出反叛的迹象，当玩伴都摆弄着长发衣角略显羞涩的时候，我却甩着齐耳的短发，大声地哼唱这首著名的《一无所有》。即便那个时候的我从来都不懂得，对于漫长的人生来说，一无所有究竟是个什么滋味。

就这样，我顶着"小崔健"和"假小子"的诨名，度过了我的整个小学生活，并继续顶着这两个无比光辉的诨名，进入了我的青少年时代以及中学时代。

那是最自在的岁月，能说自己想说的话，能唱自己想唱的歌，不用理会世俗。

进入中学时代的我，依然保持着对音乐的热爱，甚至达到了痴迷的程度，恨不得昭告全世界，有朝一日，我也要像崔健那样，穿着破破烂烂的服饰，抱着吉他，在各种重金属乐器的伴奏中，到舞台中央狂吼一曲《一无所有》，重现崔健那往日的辉煌，做新一代的"摇滚女皇"。

但最终，我这个做了许多年的摇滚梦，在父亲的强力干涉下化作泡影。

在受过一些学校教育的农民父亲眼里，我几乎是离经叛道的代言人。长久的传统教育和土地带给他的朴实感，让他无法接受自己一心盼着出人头地的女儿，只会摇头晃脑地哼唱着他听不懂的东西。

他赶到学校，把当时在一堆背诵古诗文的书呆子中唱摇滚的我给拎了回去。他大声斥责我，他太古旧了，他听不懂我口口声声喊着的所谓摇滚，他大概也不想懂，他只喜欢听邓丽君。

像所有安于现状，不敢冒险的普通人。

这件事情之后,我仿佛变了一个人,不再外向,不再欢乐,不再哼唱流行的摇滚音乐,不再……一切都是在遵循着爸爸定下的条条框框,只是一心地读书,读书,读书,做爸爸眼中的"乖乖女",以求得能在爸爸的巨大阴影下平静生活。

我的摇滚梦,就在还未来得及孵化的时候,被爸爸强力扼杀了。

生活从来都不是按照某个模式进行的,随时可能出现的变故让两个人之间,不可能存在着相同的人生,造就出每一个独一无二的你和我。

面对着生活中越来越多的诱惑,在当初那个物质匮乏的年代,摇滚以强烈的动感,刺激着我幼小的心灵,让我还没来得及鉴别的时候,就匆忙地投入了它的怀抱,吼出让别人振聋发聩的声响。我想让这个世界听见我的声音。

而当我终于从阴影中鼓起勇气再次抬起头观看这个世界的时候,我又发现了比摇滚更加好玩儿的东西。

人类是最多变最聪明的生物。

当我的摇滚梦走不通的时候,我就接受生活的安排,学习、毕业、工作、恋爱、结婚、生子,一步步地,有条不紊。虽然不对未来抱有多么狂热的梦想,但仍然渴望自己的生活能过得有滋有味,只是不会再在计划成功之前,大肆躁动。

如今,守在遥远故乡的父亲,已经过起了舒适的晚年生活,对当年差点成为"摇滚女皇"的女儿,也只是通过隔三岔五的电话联络感情,并不会再强力干涉我的选择。已经成长的我终于有底气,重新审视我求而不得的梦。

想到这里,我的耳畔似乎又响起了那首曾经深藏心底的歌:

> 脚下的地在走
> 身边的水在流
> 可你却总是笑我
> 一无所有
> 为何你总笑个没够
> 为何我总要追求
> 难道在你面前
> 我永远是一无所有
> …………

就像歌词中说的那样,任何人都曾一无所有,但终究还是会有所求,就像我曾经做的"摇滚女皇"的梦一样。

它终究只能变成我的一个梦境,我曾经在那里放声呼喊,我听见自己的声音,我想唱给全世界听。

而如今,我已经获得了一份稳定的工作、一个由爱自己的老公及未成年的儿子组成的家庭,我需要投入更多的精力去完成其他的事情,我还是偶尔会哼起那些烂熟于心的歌曲。可是今天的我，梦在另一个地方。

也许儿子会在某个时候，突然想要继续我曾经残缺的梦想，但以后的事情，谁又能预知呢？虽然有了曾经的残缺，却让我享受到了如今的幸福。

也许，在生活面前，你永远不知道自己的哪个选择，会改变自己的人生轨迹，就像如今的我，不也是放弃了曾经的"摇滚女皇"的梦想，才换来了现今的幸福吗？

我曾经的"狂吼"，让我拥有了灿烂的光环，但我并没有甄别，它是不是愚弄我的假象。或许从一开始，摇滚梦就是我无法实现的青涩。

于我来说，那场摇滚，始终是我心底无法抹去的天真。

在行色匆匆中简单装备

以游戏的心进行的人生不是放纵，只是行色匆匆中自在的真我。

地铁，对于已经习惯城市快节奏生活的现代人来说，是一个必不可少的存在。无数人依靠它通勤或者赶场，大家都在以它为工具，去寻求更好的生活。

每个生活在大城市的人，都有乘坐地铁的经历，而乘坐地铁的人林林总总，甚至成了展现社会横断面的"万花筒"。

而流浪歌手的存在，则更让地铁像极了一个"江湖"——

一个相对封闭却五脏俱全的"小社会"。

他们日夜守着这个小世界，让一串串音符从自己的喉咙里飘出。或苍茫空旷，或低回悲愁，各自杂糅着自己的情感，用歌声倾诉着自己的经历，点缀着地平线之下的生活空间。

他们用自己平凡的声音，叩击人们的心房，换来一眼两眼的注视，或者驻足倾听，都看作是对他们的肯定和鼓励，他们唱自己的梦、自己的理想和生活，他们唱给所有懂的人听。

他们平静地看着那些衣着华丽的人行色匆匆从自己面前走过。

他们的装备简单，只有一把吉他。

可是他们的灵魂厚重得多。

他们用自己的坚守，铸成了一种符号，一种正在丰盈、日益充满文化内涵的符号。

他们是社会中的"小人物"，却用最至诚的心，播撒最真挚的感情，用说唱的语言，描述心中的梦。

人生姿态千百种，蜕掉繁复，活得让自己赏心悦目的才叫英雄。

就像是一首歌，只有用最美的歌喉，以及最美的心情，唱出歌中所蕴藏的美好的人生理想，这样的歌，才更能打动人，激人奋进吧！这就是人们常说的"人生如歌，歌如人生"。有时候，这样的感动，就是一些名不见经传的"小人物"传达给我们的！

有一部影片，不仅带有浑然天成的法式幽默，几分揶揄，几分感慨，更从一群小人物的"复仇"故事，读懂整个人生。

电影中角色分工也各有不同，小人物也有他们自己的梦。

巴塞尔本来是一家音像租赁店的店员，也是个充满灵气的梦想家，头脑中似乎尽是各种漫无边际的灵感。他最喜欢做的事情，就是对影片中的角色，做惟妙惟肖的模仿。

但人生总不会尽善尽美，再美好的生活、再美妙的乐曲，也可能因为一个小小的纰漏，走向各自的反面。就像巴塞尔，正当他美滋滋地享受着美妙的生活时，一颗流弹彻底改变了他的人生轨迹。

失掉了一切的他，不得不过上流浪的生活。

但是，心怀梦想的人在落魄的流浪生活中也能时刻寻找到各种机会和乐趣，也有勇气大胆做梦。

他穿着破旧的衣服，有着让人唏嘘的可怜身世。

他活在最底层，可是他有最自由的灵魂。

他在地铁站大厅的水泥柱边，发现了一个正在拨着吉他歌唱的青年。巴塞尔竟然站在了那个弹着吉他歌唱的青年背后，模仿他的口型，用自己手舞足蹈的表演，无比滑稽地表现着青年歌唱的内容，最终满载而归。

机缘巧合中，他又碰上了一群同样生活在底层，住在用各种废品搭建的小屋里，有着种种复杂经历的人，他们都怀揣着各自微小而朴素的梦想。当巴塞尔走过两栋宏伟的大楼时，他认出了大楼上的标志，正是夺走他幼年以及现时幸福的两家武器制造公司的LOGO。

而此时，他的梦想就是复仇，却以"游戏"的方式和样子展现出来，在"游戏"的过程中，"废品家族"的每个人，都实现了自己的梦想，都发挥了自己最大的能量和价值。甚至，巴塞尔还在"废品家族"里，获得了自己的爱情。

其实，对于很多人来说，人生又何尝不是一场游戏呢！以游戏的方式而不是态度实现自己的梦想，在享受梦想实现带来的欢愉的同时，也能让人生展现出它真正的韵味来。

以游戏的心进行的人生不是放纵，只是行色匆匆中自在的真我。

法国人就是这么有趣，可有趣的却不只是法国人。虽然人们都知道，法国巴黎是全世界的"浪漫之都"，但在北欧，还有一个童话般的国度，那里的人闲适、愉悦，甚至连当警察的人，也做出一副萌萌的姿态。

这个国度，就是冰岛。

与其说是警察，不如说他们是一群孩子——天真、悠闲而可爱。因为最靠近北极圈，冰岛人数量很少，但生活水平极高，犯罪率常年保持着最低的水平，所以，作为社会秩序维护者的警察，经常会显得无聊，甚至他们的日常工作，就是帮人吹吹气球、喂鸭遛狗晒自拍等与治安毫不相干的事情。

他们有着各种各样的爱好，有着各种各样的性情，甚至闲来无事，会招呼路边玩耍的孩子，讲解警车的构造，或者蹭玩街边少年的滑板车。

如果碰上什么规模浩大的游行，他们也会在维护秩序的同时，积极参与其中，把自己打扮得花里胡哨的，做一回路人。

甚至，连在北欧旅游的二哥，在离开特罗姆瑟，进入这个可爱的国家之后，也时刻感受着热心的冰岛警察给自己带来的便利，让自己仿佛就置身在童话的世界里。

在收到来自特罗姆瑟的明信片后，我又收到了二哥从当地寄出的一张自制明信片。明信片的正面，就是一群冰岛人的游行和狂欢；在明信片的背面，二哥写道：

人们都羡慕这个童话般的国度，甚至连警察，都成了受人羡慕的一群人。可我觉得，他们让生活在忙碌节奏中的我们看到了努力的方向，我们却成为他们最想成为的人。

让远方是远方，让生活是生活

我们最期待的自己，曾以想象的样子出现过。

生活，其实很多时候，都不是以你想象的样子出现的。但是，我们可以选择静静等待，让远方是远方，让生活是生活。总有迷路的游子，总有南归的大雁。离散的人继续离散，相逢的人再次相逢。那么远又那么近，却总归能找到自己。

从抽枝吐絮到枝繁叶茂，再到树叶飘零、枝丫冲天，一棵树就能让人看到生命的轮回。

可是一眼就能洞穿的人生又有什么意思。

我时常行走在公园的树丛之间，看金黄的叶片缓缓地落在我的脚下，让我在日渐萧瑟的秋风中，体会秋日的逝去和寒冬的来临。

就像柏拉图的《理想国》一样，终究因为加入了太多自己的设计，而变得更像一座空中楼阁，没有现实做基础的理想只能是泡沫，一戳就破。

有的时候，残缺反而才是生命的常态。

每个人都在为如何让人生变得更加完美而努力，而当有一天，追求完美已经成为我们生活的负累的时候，我们需要学会的不再是如何往前走，而是如何放弃。

就像故事里讲到的那样：一个老渔夫终生只打捞一种鱼，并且执着于此，终于有一天，他放弃其他丰饶的鱼群驶向远方。那是一个已经开始变为负累的梦，人们也再没有看到他出海归来的身影。

过分执着地追求一个完美的目标，让倔强的老渔夫付出了惨重的代价。

俄国诗人普希金曾说："我们渴望成功，但在成功的同时，必须有所放弃，让放弃变为可爱。"

当我刚刚走出农村，进入这座远离家乡的城市，《海上钢琴师》已经离最初的放映，过去了数年时间。如今，当我再次回顾这部电影的时候，仍然能够被大海、轮船、钢琴所构筑起的主人公1900的人生故事所打动。

那是一个一生都没有登上过陆地的人，轮船、钢琴就是他生命的全部。从船头到船尾，从邮轮的顶层游乐场所到底层的生活空间，1900将自己的一生都倾注在这条船上。

钢琴成了他倾诉的唯一方式，人们为动听的琴声停留，他们欣赏，却依然马不停蹄地奔赴到平凡生活中去。1900最终成了海洋上的传奇，而他的这一生也只能成为一个传奇。因为内心纯洁的他，注定难以融入现实生活，注定难以成为普通大众中的一分子。

他像是一个虔诚的宗教信仰者，他的船，他的钢琴是他的全部人生，他注定无法踏上大陆，那里不是他的梦，那里没有他所需求的养分。他为海洋和钢琴而生。

所以，当邮轮"弗吉尼亚号"最后退出历史舞台，被送进船坞进行拆解的时候，1900只能随船同沉，并作为现实世界里一个可望而不即的梦想，一起终结了。

过于完美的理想就像精美的瓷器，被现实轻轻一击就会支离破碎。

就像我们一边赞叹1900对理想的执着和与理想共存亡的勇

气，一边转过头来急着在现实中站稳跟脚。

理想至上的前提是你首先能填饱你的肚子。

就像1900那样，我们对未及到来的生活，保持着我们自己的想象。甚至有的时候，就像摸象的盲人——把生活想象成或墙、或绳、或柱、或扇，但哪一种才是真实的呢？只有生活一遍又一遍地教会我们。

有些东西只能待在想象之中。

有的时候，人们常常会迷失在暂时的生活表象中，如追求升职、加薪、登上人生巅峰，在这些幻象中渴求一个丰饶的灵魂。

朋友A爱上自己的一位上司，每天沉浸在暗恋中，痛并甜蜜着。上司在她眼里是一个完美的人：阳刚帅气，为人儒雅，事业有成。为了能跟上司在一起，她辞去这家公司的工作，并勇敢地向上司表白，而且顺利地得到了上司的爱恋。

可当她真的实现了这一切，却发现上司其实是有家庭的。她在无意间成了自己最不齿的那种女人。

朋友B一直向往美国，他每天记上百个单词，托福雅思成了生活的重心。可是家庭条件的限制让他在学习之余还要考虑怎么攒够赴美的钱。

可当他真正到了美国，却发现那里和他在电视上看到的并不一样。不同的文化、不同的法规给他带来很大困扰，甚至险些因触犯美国法律而坐牢。他无法适应美国的一切，纽约的高昂物价他根本无法承受，为了挣学费，他每天马不停蹄地做着各种兼职。

有时我就在想,曾经生活在自己营造的美好想象中的他们,真的能接受这样的生活真相吗?如果知道真实的生活如此,他们还会如此不顾一切地追求吗?

A回答我说,会。爱上一个人,就是希望能够每天看到他,能够和他说话,能够得到他的回馈,虽然真相让她难以接受,但在追求的过程中,她获得了值得回味一生的甜蜜和幸福。

B回答我说,会。也许自己现在过得并不如意,但这并不代表自己没有收获。为了去美国而付出努力的那段时光,是他最充实、最快乐的一段生活。

我好像有些懂了。

生活也许不会像我们所期待的那样。我们在自己编织的美梦中迷失,然后被现实残忍打破,可是我们依然会感觉满足,因为在那些美梦中,我们最期待的自己,曾以想象的样子出现过。

等待一个人的演唱会

那些年错过的梦和热血,不应该是我再困扰自己的理由。

经常在不经意间,触碰到深深藏在心底的那个小小的梦想。

那些梦想还是那么年轻，我却被时光推搡着，向更远的地方奔去。

它们还活在我的心里，可我已经开始老了。

时光飞奔的速度让人害怕，最美好的青春年华里总是会留下太多的遗憾。一条没有买下的红裙子，一个从未真正相爱的男生，一场最终如泡沫般消散的演唱会。

大学宿舍的几个姐妹中，有大半喜欢张信哲。耳濡目染，喜欢上一个人实在不需要什么太多的理由，曾经不怎么感冒的一两个人，最后竟然也被带领着成了张信哲的歌迷。

那个时候是太好的时光，我们在墙壁上贴满张信哲的海报，信誓旦旦地说等以后一定要去听一次他的演唱会。

可是有的时候，梦不需要去实现，让它保持在最鲜活的状态就好了。

大四那年，我们曾经一起期待过的梦终于有了实现的可能。张信哲将在北京开演唱会，再一次唱起那些曾让我们落下泪的歌曲。我们终于能像曾经期待过无数次的那样，站在他的面前，挥舞荧光棒，为他欢呼呐喊。

可是那些内心的躁动在即将面对的现实压力下，却显得有些不合时宜起来。

一群面临毕业的小女生，居然想到陌生的城市里，只为听一场张信哲的演唱会，这对于当时的我们来说，实在有些太过冒险。

记得把窗户纸捅破的还是最敢想敢做的二哥,面对我们的犹豫,她只留下一句:"等我把这个梦做完再醒来好了。"

可是现实之下,不是每个人都有勇气来一次说走就走的梦境。

我们必须早早地醒来,打起精神向未来走去。

在当时那个临近毕业的时刻,彼此都明白,一旦分别,再聚的时机并不多,于是也就半是敷衍半是期待地答应了。要知道,那一年的张信哲演唱会是在九月初,那个时候,我们正好是人生中面对分岔路口的最忙的阶段。

再多的喜欢,在现实面前,只能变成一句说过就算的玩笑话。

于是,那年的约定,还没等演唱会开始,实际上就已经变成了不可能。

再喜欢又怎么样呢,我们要做的是找到理想的工作,在残酷的社会中学习如何养活自己。理想不能当饭吃,我们不再是不知油盐柴米贵的年轻女孩。

而二哥却在演唱会那天,混迹在工人体育馆的看台上,在周围歌迷的吟唱中,给我发来了一条彩信,镜头中的张信哲拿着麦克风笑得一如既往的好看,彩信中附带了一行文字:他看不见我,可我看见了他。

那个时候的我,非常羡慕二哥的敢想敢做。

时光转眼而过,再多的感慨也被冲淡了许多。

而一个偶然的机会,单位的同事邀我一起去观看张信哲的演唱会。于是，我又想起了曾经风风火火的二哥，想起了我们在毕业那年的爽约之举。

想起了二哥，也就有些后悔轻易答应同事的邀请，心里却又有新的期待隐隐在冒头。

演唱会当天，我推掉身边的一切事务，想必二哥当初也是这样做的吧！

难得的空闲，节奏就慢了下来。吃饭，清扫，吃饭，午睡，然后起身，就着斜斜的夕阳，欣赏彼时的城市美景。

对张信哲向来不感冒的同事来得反而比我早，在我也到达约定地点时，离演唱会开始仍有一个小时的空闲。于是，我便请同事在旁边的小馆子坐下，点了两碗米线，一边有一搭无一搭地聊，一边把眼睛的余光投向窗外。

窗外人声鼎沸，会场外的人，都在排着队等待检票，进场。他们的脸上洋溢着灿烂的笑容。

同样洋溢着灿烂笑容的，还有兜售荧光棒的小贩。尽管价钱很便宜，十块钱三支，我也没有买，就两手揣着口袋，傻傻地坐了下来。看着周围无论是真歌迷还是伪歌迷们，都摇晃着手里的荧光棒或荧光板，曾经狂热的粉丝如今却成了不折不扣的"局外人"。

我静静地看着舞台上明显有些苍老的曾经的偶像，身边的人尖叫着呐喊着。同事对我的安静表示诧异，我却不知道怎么回答。

这一晚，我独自一人，代表着整个宿舍的姐妹，观看张信哲的演唱，感受着真歌迷和伪歌迷们的热情，像当年的二哥一样，只是那时的她二十出头，现在的我已经是两个孩子的妈妈。

我不记得具体什么时候离开演唱会的了，只记得离开的时候，演唱会似乎还没有结束，热情的观众还在用自己的嘶吼，配合着舞台上的人。

我听着渐行渐远的歌声，昂起头遥望夜空，明亮的、眨着眼的星辰正在俯视着大地，月亮也像是一弯镰钩，挂在天边的云层后。我裹紧衣服，挤上了最后一班公交。

回到家已是午夜时分，困意全无的我，似乎依然沉浸在张信哲的歌声里，或是某种无法言喻的心情里。

那些年错过的梦和热血，不应该是我再困扰自己的理由，它应该像歌里唱的那样，变成永恒的朱砂痣。

梦想总是遥不可及
是不是应该放弃
花开花落又是一季
春天啊你在哪里
青春如同奔流的江河
一去不回来不及道别
只剩下麻木的我
没有了当年的热血

看看满天飘零的花朵

在最美丽的时刻凋谢

有谁会记得这世界他来过

…………

第二章　一个人遇见
　　　　　安静的自己

【下一刻，无论是盛世繁华还是轮回荒芜，愿我有奔赴的勇气，在残酷中变得坚强。】

你在阳光里,我也在阳光里

你会发现自己有一双翅膀,不必经过任何人同意就能飞。

那一年,雨说来就来,来了却又不走,只知道没完没了地下。

高考的失意把我从志得意满的天堂强行扯入了地狱。那种昏暗无边的绝望,让明明炎热的盛夏变得透入骨髓的冰冷。

从学校出来的时候,天就开始下雨,一路逃也似的跑回家,放任大雨淋在身上,以掩饰止不住的眼泪,也当作对自己的惩罚。

我一直是个骄傲的人,用着自己的才情,换来世人艳羡的目光。

我一直都让自己的心浮在空中,俯视"无知的人类"。我把无知的自己捧上高高在上的神坛,可是只要一场考试,就可以把我拽下来,跌入深渊。

挫败的我没有任何精力去面对周围那些或关切或嘲讽的眼光。一切的一切,对我来说都太疲倦了,所有的悲伤都被放大,我几乎看不见原本的自己,只想躲在自己的壳里,安安静静的，谁也不要理。

那段时间，真的快要崩溃了。

曾经以为梦想是我的战衣，我可以穿着它纵横世间，所向无敌。最后的最后，现实将它砸碎在我的面前，告诉我它是多么的一文不值。

曾经我还有梦想，如今的我，什么都没有。

我躲在自己的小房间里，将手机的音量放到最大，希望音乐的声音能淹没我的一切。我听着Radiohead的《Creep》，他们唱着：我只是区区一个懦夫，只是区区一个怪人；我究竟在这儿做什么，我与这里格格不入……

我是个懦夫，可是我又能逃到哪里去呢？

逃避总不是办法。我在父母担心的目光下睡过一个又一个白天和黑夜。我发现一切都没有变化，事情还是那么糟，并没有因为我的萎靡不振好上那么一点。

我突然想到，有人曾说过，"一个人只有在旅行时，才听得到自己的声音。它会告诉你，这世界比想象中的更宽阔。你的人生不会没有出口，你会发现自己有一双翅膀，不必经过任何人同意就能飞"。

我太想找到那样一个地方。

头脑中突然有一个念头闪过，我要去拉萨，去那个对于我来说远在天边的地方。

那是一个有信仰的地方，而有信仰的人，才能站稳脚跟，不再轻易动摇。

生命不可能因为一次的破碎就不再前行。

那时的青藏铁路刚刚开通没几年，漫长的旅程中是越来越纯粹的自然底色，蓝色的天，绿色的地，甚至是川藏牧民脸上那两团晕染的高原红，都像是自然之神一点一点调制出来的颜料。

可是还有不得不面对的现实。

拉萨火车站人流稀少，不似家里出门就是公交的便利，我提着行李箱，开始有些后悔自己莽撞的决定。

偏偏又突然下起大雨来。

几经周折，我提着行李箱来到一家小旅馆，老板是老实巴交的藏族女人，普通话不算熟练。这里是最普通的民宅，价格便宜，环境简陋。旅馆的床很小，我突然觉得自己有些可笑。

生活的不如意哪里会因为一场出走就能消失不见呢？

大概是水土不服，或者是淋了雨的缘故，我从半夜开始就不得不一趟趟地来往于床和厕所之间。我的动作惊动了善良的老板，她找来好几种常备药让我吃下，并亲自煮了一碗面条，等着我吃下，又上床睡着了，才悄悄地离开。

我突然想起我的母亲，那时候我每日都打不起精神，她不太会说话，但是也像现在这个善良的藏族女人这样，变着法子给我煮最营养的汤，不准任何人在我面前谈高考，好几个夜晚，睡不着的我都察觉到她半夜悄悄来给我盖被子。

我突然后悔起自己的任性。

在旅馆时我结识了一群驴友，他们背着大大的旅行包，都是比我年长的哥哥姐姐们。

而阿彩是这些人中最和我投缘的一个。自从认识之后，她就像姐姐一样照顾着我。我们一起去布达拉宫参拜，到大昭寺的佛像前虔诚祈祷。西藏的景，美丽而庄严，宁静而神圣，让我仿佛置身于天堂。

在闲聊中，我知道了阿彩还曾有个双胞胎妹妹，也曾一心想来西藏，但几次都未能成行。

就在今年，妹妹被查出患有胃癌，晚期。在得知消息时，全家都被这个突然的噩耗击倒了，她妹妹本人倒是很平静。她反过来安慰伤心欲绝的阿彩说，姐，其实没什么，人终要离去。不过我还没去过西藏，如果将来有机会，你一定要替我去那里，拜一拜，看一看。

就是这样，阿彩才开始了自己的西藏之旅。

我突然惊觉自己的无知和幼稚。说走就走的随性其实只是自私的自我逃避。

生活待我太过宽厚，风霜雨雪总有人替我将它们挡在外面，所以不过是一场考试上的失意，却被视野逼仄的自己看成是世界末日那样。

我甚至开始觉得曾经躲在被子里流泪的自己那么令人厌烦。

在我看不到的地方，有那么多的不幸和失去，我身体健康，年华正好，即便略有挫折，也不过是抬脚就可以跨越的阻碍，连挫折都算不上，更遑论苦难。

生活本不是无病呻吟的苦楚。

我联系上父母，报了平安，收拾好行李，同那些善良的人们告别。这些时日，这些陌生的亲人给了我太多照顾。

他们对我说加油，阿彩将她求来的佛珠赠予我，说希望拉萨的神可以保佑我。

岁月和挫折打磨掉的不应该是心中的坚持，而是身上的浮躁和不安定。我看见自己，脸上不再是恃才傲物的骄纵。

突然想起了顾城的那句诗：你在阳光里，我也在阳光里。

奔赴一场随意的真实

人们都太喜欢用华而不实的言语来修饰自己，然后连自己都忘了自己本来的样子。

前段时间去苏州旅行，我信步拐进一家绸缎店，相中了一匹白绸。

它散发着迷人的风采，让我似乎瞬时想起前世今生，想起苏州，想起园林，昆曲，小巷，阴雨缠绵……

第一次摸到白绸，我觉得自己就像一头一下子被驯服的小兽，霎时没有了抵抗力。它在手上光滑而细腻的感觉，让我生怕自己手上的老茧或脏东西，破坏了它的美。

我想，穿上它，必是极美的。

朋友对着我摇头，她说，好看是好看，就是不禁脏，而且还容易挑丝，穿在身上怪累人的。这种东西，还是远远地欣赏为好。

我被一语惊醒。是啊，太过完美的东西，反而容易让人心生怯意！

忘记是何时看到了一篇很有意思的报道。一部在国内口碑极烂的纪录片电影，竟然入围了多伦多电影节，并获得最高奖"人民选择奖"和"人民选择纪录片奖"两项提名。

更令人好奇的是大众对这部电影的评论，评论基本分为两类：一类是极力好评，一类是看也不看就给差评。至于缘由，大概是宣传方给这部电影贴上了"粉丝电影"的标签，于是造成了一个现象——粉丝买账，普通观众却嫌弃不已。

电影开场，荧幕上是三个少年在沙漠中打闹，突然有个少年问了一句话："如果没参加比赛，你们会干什么？"有两人的回答还在我的料想范围内，无非是做些与音乐有关的东西，可一人的回答让我张大了嘴巴，他说："那就每天吃到饱，然后睡到饱。"

这是一个率真得有些过分的人。这个世界就是这样的，明明说出来的是大多数人的渴望，最后却被定义成异数。人们都太喜欢用华而不实的言语来修饰自己，然后连自己都忘了自己本来的样子。

敢说真话的人，才是会生活的人。

那个率真的男孩说自己曾经活得挺累的，因为看透了太多的事情，后来他对自己说，活得随意点儿。

这个随意活着的少年，就这样随意地出现在观众面前。比赛开始前，他不见了踪影，让工作人员不得不拿着喇叭到处喊他的号码，被发现后，他依然迈着不紧不慢的步伐，悠然地走进了赛场。比赛期间，他被贴上了"天才"的标签，但也有人说他不是正常人，甚至开始叫他"神经病"。

英国小说家威廉·毛姆说："天才不过是超级正常的人类。"

所以，当这个超级正常的人站在台上的时候，评委问他为什么参加比赛，他笑眯眯地给出了答案："很好玩"。在台下时，导演组要求他们投票决出朋友里谁是最弱的人，他却说"这样就不好玩了"。当小伙伴们纷纷说"没有音乐就活不下去"的时候，却只有他笑着说："那不过是我的兴趣，没有音乐我一样可以活得很好。"

于是，"随意点"就成了他的口头禅。当别人在网上对他肆意谩骂的时候，他告诉自己的歌迷——随意点；当粉丝为他疯狂投票的时候，他依然告诉他们——随意点！

就是这个二十几岁的男孩子，有着超越年龄的成熟，因为他足够聪明并且足够透彻，所以选择了随意点。也许我们都应该随意点，否则就失去了继续的勇气。

电影落幕时，是整片整片夕阳的金光。

影片花絮中，导演透露在拍摄过程中，曾被这个男孩的一个问题难住过——当时，他正走在沙漠里，是倒着走的。

他问导演："我现在是在前进，还是在后退？"

这个问题，没人能够解答。

给了我翅膀，我却忘了飞翔

年轻人身上应该长翅膀，飞到自己想去的地方。

"你有多久没回家了？"我被这句话狠狠地刺了一下。最简单不过的问候，我却听到落下泪来。

从小到大，我和父母的关系都称不上亲密，甚至有些疏离。看着同住的小伙伴，每天都要给父母打去一通电话，和父母开玩笑、撒娇，甚至"大逆不道"地说一些在我看来根本不该对长辈说的话，一旁的我内心最深处的羡慕、嫉妒，种种挣扎最终都被伪装成了不屑。

我常常故作不屑地对她说："都多大了，还要天天跟父母报平安！"室友当然不理睬我的无理取闹，隔天照样同父母没大没小地嬉笑撒娇。

　　我也曾笨拙地拿起电话，可是提心吊胆地拨过去时，除了像陌生人一样，问一些吃喝拉撒睡的问题，就再无话题可谈。那刻意装出来的三分钟热度，一旦超时，马上会变得冷却、尴尬，直到那边传来"没事就挂了吧"，才深深舒一口气，仿佛刚刚从地狱里解脱出来一般。

　　从六岁上小学开始，父母就没有送过我。不管是晴天，还是雨天，在通往学校的林间小道上，只有一个小小的我拉着书包带沉默地走着。

　　小学的时候，如果下雨没带伞，我有时还是会满怀期待地望望窗外，期盼着自己熟悉的身影能出现在送伞的家长队伍里。可是等来等去，终究看不到自己期待的身影，于是只有狼狈地跑回家。

　　可是回到家后，我也从来不在父母面前抱怨，乖巧得不像话。待我走回自己的小窝却会偷偷掉眼泪，我那样希望他们给我无微不至的疼爱，我不要懂事不要成熟，我也想在父母的怀里做个没心没肺的小捣蛋。

　　上大学时，我选择背上行囊只身去往远方。

　　"什么时候回来？"成了最常被问起的问题。

　　每次想用心用力地回答，纵使有千般力气，最后都变成了无可奈何。

"你很独立,你该感谢你的父母。"突然有一天,有人在我耳边这样说。

听到这话,我恍然大悟,原来那些曾经的过往慢慢成了我足可以拿来炫耀的资本。看,当你们还在父母的羽翼下,享受温暖的怀抱时,我已经开始慢慢练习飞翔了。

直到后来自己成了家,为人父母时,才开始懂得父母的一番良苦用心。

只有被踢下悬崖的雏鹰,才能最快地成为天空的领袖。

你以为的不爱,其实是他们最深的期待。

当初那个每天都要打电话给父母的女孩,毕业后本可以进北京一家大公司任职,仔细斟酌后又因为父母,不得不放弃理想回到小城里去当公务员;而我则是义无反顾地北上,乃至出国,终于在职场中打下一片天。

同学聚会上她不无羡慕地同我说,如今公务员的生活太无趣味,还是我好,自由自在,就像曾经我羡慕她始终可以窝在父母怀中撒娇那样。

人生有得必有失。

贪图怀抱温暖的人注定无法自由翱翔。有时候牵挂反而是负累。

父亲曾在一天夜里找我谈心,他说:"老年人怕远,年轻人怕近。怕远,就走不远,出门刚走几步,就想着要回家。年轻人不一样,年轻人最怕每天在一个地方鼻子对鼻子,眼睛对眼睛，干巴巴地看着。年轻人身上应该长翅膀，飞到自己想去的地方。"

如果可以，为何不飞到天之涯、海之角，到处去逛逛，累了就睡，醒了就玩，肆意挥洒自己的青春。年轻人本就该是百无禁忌的，只要能离家远远的，那便是天堂。

外面的世界像个万花筒，每转动一下，便会有不一样的花色。我本就应该是无所畏惧的，父母早就给了我飞翔的翅膀，我却忘记了飞翔……

灵魂，一直在路上

不管你的身体在哪里，灵魂总不安分。

毕淑敏说，出发时，悄声提醒，背囊里务必记得安放下你的灵魂。它轻到没有一丝分量，也不占一寸地方，重要性却远胜于GPS。如果一个人忘记了灵魂，那么行得再远，也只是一具空空的躯壳，细闻之下还有千年腐朽的味道。

灵魂没有了，这躯壳也就没有生趣，让人品来，只觉无聊至极。

古时候的印第安人有一个很好的习惯，当他们的身体走动得太多、太快的时候，他们便会停下移动的脚步，耐心地等候灵魂的到来。

在他们看来，灵魂的速度是要比肉体慢些的，慢到需要时不时地停下来去等待。有人说，他们会站在原地等上三天，也有人说，他们会站在原地等上七天。

然而不管他们等待的时间究竟是多少，他们看得终究比许多人都要清楚明白。人，不能没头没脑地一直走下去，一定要抽空停留在时光的空隙里，耐心等待着灵魂和肉体的会合。

只可惜，古老的印第安人所知道的，我们却始终读不懂，就像是被时光年轮强迫插上了翅膀，脚下却还是遍地的荆棘，让人无法落足。

马萨达这座城是以色列的脑袋，伫立在一座小山上，脚下便是著名的"死海"。

初到马萨达的人，心里总有些不适应。这是个太不同寻常的城市，它没有树，没有动物，除了偶尔路过的行人，这里就像一个被上帝遗忘的地方。

登上马萨达，如果忽略那纠缠在一起的防御工事和宫廷遗址，那么视线所及的范围内，便只有一片望不到边际的黄土地。

了解马萨达历史的人，在踏上马萨达的那一刻，心里或许有所敬畏，或者会有所恐惧。

这是想念的城市，这是在战乱和屠杀中留下来的城市，这是那些无辜被屠杀残害的妇孺们灵魂安息的地方，这是那些为国征战的男人们的灵魂最牵挂的家乡。

在那片动荡的岁月里，在战乱中呐喊的人最终将所有的魂魄安放在这座叫马萨达的城里。

那一年，犹太勇士被罗马大军围袭。

那一年，他们选择结束生命而不是出卖尊严。

那一年，抽签出来的十人忍痛送被困城中的同胞去了天国。

那一年，最后一名勇者送别了其他九人，终而合眼。

那一年，马萨达响起了"永不陷落"的声音。

那一年，在血雨之中却带了灵魂的香气。

那一年，自由的声音被封锁，却也响彻苍穹。

浮在空中的沙，或许就是那些被无辜杀死的妻儿所化，一声声、一阵阵地呼唤着自己的丈夫、父亲；沉淀在下的土，或许就是那一个个勇士所变，年复一年、日复一日地守候在此地，等待着最终的团圆。

而在我看来，却是觉得，马萨达的灵魂，是由那十个男子所化，甚至是由最后的那名男子所化。他杀死了自己的妻儿，杀死了自己的同胞，最后杀死了自己，虽然这些都不是他所愿的。

最后一个自杀的人是苦的，他的身体比其他人苦，他的灵魂比其他人更苦。当他完成了最后的屠杀的时候，手里的签用完了，签子也便完成了自己的使命。他便只能放一把火，在尸首的周围炙热地燃烧。他举起手中的剑，刺向自己的胸膛，让鲜血犹如一团泣血的花，在火光中，格外妖艳地开放。

只是，他的心里有了太多怨念，让这原本凄凉的城市变得更加惨淡。可即便是这样，也无法阻挡游人的脚步。

灵魂漂泊在路上，途经繁花似锦的团簇，自然也要感受一下天地失色的悲壮。这就是人的天性，不管你的身体在哪里，灵魂总不安分。

悲壮太沉重，沉重到心也无法装下的地步。马萨达脚下之所以有一片死海，或许就是为游人准备的。

当躯体无法支配灵魂的时候，死海便成了最佳的去处，在海面上躺上一躺！在这个世界上，死海将无情的一面展现给万千的动植物，却将温柔的一面现给人类看。不管你如何在它的怀里折腾，它总是轻柔地让你回到海面上，把你拥在怀抱中。

我和友人一起，沿着弯弯曲曲的蛇径，步行近一个小时，才到达了死海沿岸。死海上的景象异常壮观，水里的游人悠然自得地漂浮在海面上，让岸上的游人也表现出一副跃跃欲试的模样。

我站在岸边，仔细观察着每一个人的脸庞，或是微笑，或是享受，或是平静，在这些人中，你很少会看到愤怒、伤心与绝望。或者，这个时候的灵魂已经孤独远行，只留下了不知忧愁的躯壳，悠然享受着。

人们总喜欢给灵魂戴上枷锁，却给躯壳穿上看似轻松的外衣。

因此，到了死海边的躯壳，可以不需要灵魂陪伴，灵魂也总算逮到一些时间，可以自由地四处转转。

我不敢说话，以免打扰这来之不易的祥和。

我同许多人一样，钻过人群缝隙，向死海中走去，在一块空白的地方，很是放心地躺下来。没想到，这一躺下，海水便立刻灌入我的嘴巴、鼻子、眼睛里，让我初次尝到了比一般海水咸上十倍的滋味。

友人赶忙将我拉起来，拉着我快速走到岸上，用岸边专为游人准备的淡水，一遍又一遍地冲洗疼得厉害的双眼。不记得冲了多久，我的眼睛才能够慢慢地睁开。

原本还想要坚持玩上一会儿的，只是胃里实在难受，也只能早早地打道回府了。

教训来得真是及时啊！刚刚把灵魂放开了一会儿，躯壳便要得意忘形起来，结果却要忍受盐水的伤。

喝下的两口盐水，让我的胃经受了好几天的折腾，便又让我的"死海一游"有了莫大的遗憾。毕竟，没享受过漂浮，怎好说是去过死海了呢？就好比没去过大陆，却对大陆的景象侃侃而谈一样。不过，至少我喝到了死海的盐水，好过没有踏过大陆土地的他。

带着灵魂行进，你的躯壳才不会感到孤独；

带着灵魂行进，你的大脑才不会六神无主。

所以，不管什么时候，当我们在路上，还是请把灵魂也带上吧。有了灵魂的陪伴，不管走到什么地方，我们都不会一无所有，不会四顾茫然……

不畏过去，不念将来

因为不再回来，所以才想要尽可能地将它们留住。

自幼，我便是个不恋旧物的人，该丢弃就丢弃，是我养成的习惯。

好友对我这种略带无情的习惯颇为不满。在她看来，那些尘封的旧物留有她的过往，那些沾上了尘埃的记忆是弥足珍贵的，是不能舍弃的。她不管搬多少次家，总要把那些旧物连同着回忆一起通通打包带走。

好友同我说，即使真的有一无所有的那天，她还有这些回忆，谁也夺不走。

我不置可否，回忆对有些人来说也许真的是赖以生活的必需品。

回到家中，我也曾经试图翻找那些旧物。可是家中哪有什么旧物，早在一次次的大扫除或者搬家中被丢弃，随之消失的还有那些过往的记忆，它们早就在我的脑海里变得面目全非。

总会有些可惜，也偶尔会在手舞足蹈聊起过去的事情时遗憾没有留下些什么可靠的证据。可我总是能很快释怀。

回忆对我来说，会变成太沉重的包袱，我总是无法克制自己回头看的冲动，当身边的每一寸每一分都让我想起过去的自己时，那些笑容泪水和眷恋终究会拖住我，让我再没有气力向前走去。

在我看来，当为记忆点下保存按钮的时候，就意味着未来伤你的东西会增多，你保留的记忆越详细，越容易给自己编织一个思维的牢笼，让自己深陷其中，无法自拔。

我的大脑内存太小，里面太过拥挤，所以不知不觉有一天就会被塞满，于是我不得不按时清理。

好友却在前些时间突然改变，她打电话把我叫到家中，大刀阔斧地把墙上挂的、柜子里放的，甚至是一些旧照片旧书信，该烧的烧，该扔的毫不留情地一股脑全部扔进了垃圾处理站。我惊讶于她的突然转变。

后来才知道其中缘由，改变好友的是她的现男友和前男友。

现男友发现她始终戴着前男友买的项链，甚至还把前男友做过笔记的书直接摆在床头柜上，于是大吵一通。男友哪里听得进去好友的解释，念旧不就是余情未了么？一怒之下，男友留下一句,"不清干净过去,干脆分手。"

这边刚吵过架,那头却在路边发现前男友和情人卿卿我我,手里牵着一条大金毛。好友一问才知道,一分手,前男友就把两个人一起养的小博美直接送了人。好友这才惊觉自己可笑,别人早把她忘得一干二净,就自己和傻瓜一样,连写过的小纸条都舍不得扔。

于是才有了这一幕,一向爱惜旧物的好友,亲手将那些沾满灰尘的纸盒通通清除,说是要把房间整理得窗几明亮等男友回来。

回忆有时候就像一枚枚勋章,祭奠着曾经疯狂大笑或是放声痛哭的我们。因为不再回来,所以才想要尽可能地将它们留住。

但回忆是包袱,背得太重,以后的路就不好走。

世人都羡慕那些活得通透的人。可是在我看来,这些通透分明是自己将心砍下一刀,留下一个缺口,如此一来,即便有再多的流言蜚语,都进不到自己的耳朵里,更进不了自己的心。因此要成为通透的人,就必须能够狠下心,咬着牙,对自己动刀。砍下那些没有必要的念想,催促一直在过去驻足的自己,大步向前。

在对自己动刀的时候,你可能会落泪,会比以前任何时候都哭得更加厉害。不过,哭过之后,眼泪掉落那一瞬间,阳光洒下,泪珠变成彩虹。

静好此刻，抵得过似水流年

与其一步步地走向衰老，不如一步步地走向年轻。

人生就是一场冒险，在死亡救赎中获得一次次的新生。

美人迟暮，英雄惧老。

其实不光是美人，就连普通女子也是厌恶白发的。

保养甚好的周慧敏，在自己四十六岁的生日宴会上，说最害怕自己变老。国际巨星成龙也曾在节目中透露，害怕自己老去……

看，在衰老的面前，我们人人平等。

谁能躲过"老"的追踪呢？即便你躲到最隐蔽的角落，它也一样能以自己的方式把你拉回现实，然后再拿出一面镜子，残忍地放映你本来的模样。似乎不让你看到额头上多出的一道皱纹，鬓角多出的几根白发，就绝对不会罢休。

如果，你会因此忧郁上一阵子，那就更符合它的心意了。

网球大满贯得主李娜曾说，年龄只是在纸上加一笔再加一笔，没有什么特别的。二十七八和三十一二没什么区别，只是在纸上多画了几笔而已。

侯佩岑也说，皱纹并没有那么可怕，该来的时候总会来，自然就好了。

乐观的人听之赞同，而悲观的人却从中听出了一股"英勇就义"般的味道。

既然人都逃脱不了死亡，如若可以选择，大部分的人应该都会向往"返老还童"的告别方式。毕竟，与其一步步地走向衰老，不如一步步地走向年轻，二者的结局相同，人们却能够品出天差地别的味道。

"她的漂亮不在五官之间，而是一切皆尽善尽美，连鬓角、耳珠、眉毛、牙齿、手指、肩膀，甚至是双脚与脚趾，都无瑕可击。"这是亦舒初见林青霞时的话语。

林青霞到底有多美？

刘德华说："什么叫星光？就是五个人中，你总是最先看到她，就是星光了。青霞就是有'星光'的人。"

金庸说："青霞的美，是无人可匹敌的。"

在这个世上，如林青霞般貌美的女子不多，而如林青霞般不在乎容貌的女子，更是不多。

前些日子，我在朋友的推荐下后知后觉地读了林青霞的《窗里窗外》。

林青霞写书了？不演电影了吗？这是我听说后的第一反应。

我想，在大多数人的心里，林青霞是个演员，而非作者。而林青霞却说，这一生，唯有写作是她自己的。

没有年老时，总会将迟暮当作被迫的冒险；而真正步入迟暮之时才发现，其实我们真正冒险的是青春。

看了林青霞的"东方不败"，很多人会想，如若林青霞饰演花木兰，"双兔傍地走，安能辨我是雄雌"的境界，或许她也能够表现得栩栩如生，出神入化。

仙姿佚貌、掷果潘郎两个词，原本是分别形容女人和男人的，可是将这两个词语都加在林青霞的身上，却并不显得突兀。

也当真只有林青霞，才能够将"仙姿佚貌"和"掷果潘郎"融合得恰到好处，仿若二者有了青霞才有了存在的意义。

许多人都依偎着一个时代存活生长，这是再普通不过的事情，就好比现在的你我，在依偎着21世纪一样。

可是，如果一个时代依偎着一个人，那个人就真正不凡了，就好比是香港武侠时代依偎着林青霞一样。

青霞引领了那个时代，引领了那个时代的潮流，也引领了那个时代的爱情。

每一个角色，虽不是青霞却又胜似青霞，她却也有这番本领，能够把角色演活。原本只是一个角色而已，而她却能将它活生生地带到你的面前。每个人都将其看作青霞，而只有她自己知道，这只是生活的"冰山一角"而已。

除了她的表演生涯外，她的情感也是人们津津乐道的话题。

女人在情感面前犹如一汪水，经不得一点的风吹草动。

林青霞曾经喜欢过两个男人，而她最为眷恋的，是那个叫秦汉的男人。

那个时候，她绝代芳华，他亦是英俊潇洒。他说，他和青霞相见恨晚，她则奉上自己的初心。郎才女貌、两情相悦，刚刚好。只可惜，林青霞是情窦初开的少女，而秦汉已有妻室。

无奈之下，她只能顶着割骨的相思远离。她不说，他也不问，却都在心里埋怨自己。

后来，她遇到了另一个人。她问他："我可不可以结婚？"他有些气愤地说："随便你。"

订婚礼上，她的未婚夫发现了躲在角落里哭泣的她，于是这场订婚宴耽搁下来。

看似走得好好的路，却在尽头的时候，想到了路边难忘的风景，于是便大声哭了起来。

迈向角落的那一刻，她知道，自己忘不了他，舍不下他。

后来，他为她离了婚，本该顺顺当当在一起的两个人，最终还是落得形同陌路，不再联系的结局。

再后来，他参加了一档真人秀节目，当跟着节目组来到尼斯时，他有些感慨。这是他和她一同旅行过的地方，在这里，他曾为她拍摄了一组泳照，很是美艳。她说：她的泳装，只穿给他看。

只是，再次来到这个地方，已是物是人非。

节目里，他的眼神久久地盯着那片海，不加入他人的谈话，也不加入他人的游戏，只沉浸在他一个人的世界里。不，或许还是两个。

再后来，她远嫁他乡，二人从此成了两条地平线，明明触手可及，却又似隔了地球和宇宙间的距离。

她选择了息影，在风华绝代的年纪，退隐他乡。

渐渐的，除了那些粉丝和他，几乎所有人都已经将她遗忘。再回到大众视野里的时候，她已经是《窗里窗外》的作者。

为了这本书，她再次接受了采访。镜头中的她老了许多，眼角也有了一些皱纹。可是她并不在乎，因为在她看来，女人的美，只有到了中年之后，到了皱纹爬上额头，才会显现出来。而也有人说，林青霞从未老去，她脸上的皱纹，也只能让她显得更加性感。

是的，她不在乎，或许她从未在乎过自己的容貌。所以，在她年老的时候，才会重现得这么坦然，这么大方，这么有气质。

由此，她的头衔中，除了演员，还多了一个作家。

年老是一种资本，青春才是一场冒险。

可是，绝大多数的人却是期盼青春，恐惧年老。

年老好比是一瓶浓醇的烈酒，并不是所有人都能够安享的。

流年如烟火，岁月似冬蝉

我们因为这些不得已，失去了很多美好的年华，失掉了很多值得珍惜的东西。

朋友老徐是个喜欢旅游的人，也常常往来于国境线内外，去过多个国家，浏览过多国的风情。

他说，他曾多次去过日本的京都。有的时候是办事的途中路过，作短暂的停留，有的时候则是专程前往，只为一览真正的艺伎的风采。

我不禁好奇，难道艺伎还有假的吗？

老徐嘿嘿一笑说，那是当然！

他说，在京都，歌舞伎町中的艺伎是非常特别的一个群体，但或许你曾无数次流连于其间，都无法领略到真正的艺伎的风采。

艺伎是日本的一个特殊群体，但在历史上并非是日本所特有，它可能源自中国唐宋年间的"官妓""营妓"，后来才发展成专门以技艺取悦客人的一个社会群体。

历史的沿革，总是让很多文化现象被逐渐湮没，艺伎也是一样，虽然历史上曾有诸多国家有过这类的营生，但只有日本的传习到了现代，成了象征日本传统文化的一个特殊符号。

老徐说，从前从事艺伎的人，大多家世贫寒，而且家中通常都有较多的姊妹，较少的钱无法维持多人的生计，迫不得已的时候，家人就会将形象姣好的女儿，送到位于京都的艺伎培训学校里，接受严格的训练。

而现在，情况却发生了显著的变化，因为艺伎的培养要求非常严格，不但费用高昂，而且学艺过程非常艰辛，并不是一般家庭所能承受得起，不是所有艺伎都能坚持下来的。

在这样的培训学校里，年轻的女孩子们一般需要学习琴棋书画及各种礼节，学会用各种胭脂粉黛，把自己打扮得高贵典雅。

我也曾见到过一两张艺伎的海报画，有的时候，也会偶尔浏览一两个当红艺伎的网页专栏，看她们浓脂重黛、华装锦服的装扮，料想她们的生活，定然是多姿多彩的。

但老徐摇摇头，缓缓地说，其实不然，对艺伎的培养，从前大概是从十岁时开始的，大约要经过五年时间，才能完成全部培训课程，具备初步的从业资格。但此时的艺伎，还不能成为舞台的主角，只能像"见习生"一样，随同艺伎一起演出，直到成为真正的艺伎。

而成为艺伎之后，她们光鲜的舞台生活，也只有大概五年时间，大约到三十岁的时候，就会结束艺伎的职业生涯。这时候的艺伎，可以选择结婚，也可以选择继续活跃在舞台上，但需要被降级，作为年轻貌美的艺伎的陪衬。

也许在京都某些地方的街头，你会见到一两个身着华丽裙裾的浓妆重黛的艺伎，但她们往往只是匆匆地走过，丝毫不给陌生人窥探究竟的时间，因为深居简出才能让她保持职业的神秘感。

并且，她们的生活空间也极其封闭，虽然收入不菲，且气质也超凡脱俗，但艺伎几乎没有独立的生活能力，需要雇主们为她们提供贴身的保姆，为她们的生活起居提供服务。

我不禁感到愕然。如此高贵优雅的美人，她们的生活竟然会是这个样子。

什么样子？老徐不客气地反问道。

其实也不用我说，老徐自然也知道我说的"这个样子"，是个什么样子。不管外表多光鲜靓丽的女人们，如果连自己的生活还需要专职的保姆来保障，甚至连一点基本的独立生活能力都没有，实在是太让人吃惊了。

老徐说，其实艺伎的生活很苦的，甚至没有什么希望可言。对于她们来说，或许我们所说的"希望"，在她们的生活中，本就是可有可无的东西。

为了让培养出来的艺伎更具有竞争力，艺伎培养学校在培养艺伎的几年时间里，强迫这些学员们进行高强度的学习，甚至剥夺她们培养基本生活能力的机会。学员所要面对的，都是在成为艺伎后需要掌握的技能，如文化、礼仪、语言、装饰、诗书、琴瑟等，甚至是鞠躬、斟酒的举动，都有严格的标准和要求。

为了表现艺伎的稳重，训练她们的"妈妈"们，也就是前辈和导师，甚至会训练她们如何在吃热豆腐的时候不发出声音，也不能擦碰到鲜艳的唇彩，训练之严格程度可见一斑了。我想象过艺伎培养标准的严格程度，没想到却是这般的严格。

老徐说，艺伎们深居简出的生活，注定了她们不太可能拥有美满的爱情。虽然她们中间也出现过很多可歌可泣的动人故事，如明治维新时期的中西君尾、写作《东京艺伎回忆录》的中村春喜等，但她们身上的光环，掩饰不了全体从事艺伎职业的女子们因缺少归宿和爱情而备显脆弱的内心。

老徐说，艺伎们最初的不得已，造成了她们整个人生的悲剧。虽然在舞台上可以无限光鲜，赢得看客的瞩目，但这个行业的规则，决定了她们大多数人只能在最美丽的年华里，充当着富贵人们的玩偶。而在舞台上的时间，也仅仅只有短短的五年。

想着那些年华美好的女子，我忽然觉得她们是以另一种方式活着——流年如烟火，岁月似冬蝉——总有一种不顾一切的绚丽和让人沉沦的奢华。

如斯的稍纵即逝，却充斥着放肆的美感。

那么多人，就像是钟表上的指针，不停转动，却在时光匆匆中无能为力。或许，最美的不是时光，而是时光曾经挽留的记忆，以及生命曾经爆发的美好。一如时间并未忘却我们，而是我们忘却了时间——左手是转瞬即逝的烛火，右手是苍茫绵延的大漠。

生活难道不就是这样？一旦你做出了选择，就必须活在自己的决定中，苍茫孤寂，却又勇往直前。

终有一天，你会忘记

我们把最隐秘的内心丢入远道而来的风，去到连自己都无法追寻的远方。

每个人的脑海里都有一块橡皮擦，在你不知不觉间，擦去那些自以为刻骨铭心的记忆。

我并不太喜欢在社交网络上记录心情。私以为所有的苦涩和喜悦只有自己才读得懂，写出来，不过是多一个可供窥探的渠道。

雪小禅说，在熟悉的人面前，每个人都戴上了面具，只有在极其陌生的人面前，才会袒露自己。

我们不敢和时间说真话，我们把最隐秘的内心丢入远道而来的风，去到连自己都无法追寻的远方。

时间像一把雕刻刀，切掉了我们所有的锋芒。

时间像一张磨砂纸，磨圆了我们所有的棱角。

在《琵琶行》里,白居易写下了"夜深忽梦少年事,梦啼妆泪红阑干"的动人话语,如今的我再翻看起来,却是另一番感悟。

我曾经写下过小小姑娘的壮志,"成为像王克勤那样的揭黑记者"。那个时候我和一群有同样志趣的同龄人甚至还组了个小队,我们热衷于往返人群中,发现各类奇怪的事情,年纪轻轻以为自己可以成为社会的喉咙。

那时的自己,字里行间始终透露着内心愤世嫉俗的感情。对这世界的态度,充满着十足的锋芒和棱角,却洋溢着青春的气息,像极了一只小刺猬。

那时的我,对采访有一种着迷的兴奋,每次老师布置任务时,我总是被表扬的那个,因为足够用心。

然而大四毕业季一来,一切就都变了样。

理想说到底都是以生存为前提。你可以不做梦,但你不能不吃饭。

起初我还特别执着,把简历给一家一家的媒体报社投去,可最后总是石沉大海。那个时候的自己,天天窝在地下室,以泡面度日,饿得面黄肌瘦。有曾经一起跑新闻的朋友给我打来电话,说自己撑不住了,准备回老家,在地方当个稳定的公务员算了,我没立场劝他留下来。

老家还有收入,有肉吃,比起吃泡面来强太多。甚至连我也开始动摇,一走了之比坚持更简单。

可是我记得那个时候，他也曾经举着啤酒同我说他想做一名优秀的战地记者。

我想他大概忘记自己说过的话，不过也没有再想起的必要。

后来，我们当初组成的那个小队里的热血青年大都放下了笔，有的去创业，甚至还发了财，有最擅长犀利评论新闻的女生成了母亲，心甘情愿在家洗手做羹汤。我坚持了很久，最后也只是留在地方电视台，做自己当年最嗤之以鼻的工作。

在之后举办的少之又少的聚会上，我们带着成年人特有的虚伪在酒桌上从善如流。有人喝完一整杯啤酒，开始讲俗气的段子调节气氛，许多年前的他曾经架着眼镜趴在桌上，带着十二分的虔诚写信给校领导。

也许梦想就只是青春的一句醉话，清醒后就会被忘记。

于是突然想起了汪国真的诗句：

"我们可以欺瞒别人，却无法欺瞒自己，当我们走向枝繁叶茂的五月，青春就不再是一个谜。向上的路，总是坎坷又崎岖，要永远保持最初的浪漫，真是不容易，有人悲哀，有人欣喜。当我们跨越了一座高山，也就跨越了一个真实的自己。"

第三章　双脚在，就会有山高水长

【为自己的独角戏喝彩，哪怕伤痕累累地流浪，也不愿醉生梦死地退场。】

路再长，也长不过34码的脚步

精彩是土地赠予那双光着的34码的脚的礼物。

陈小小提着一罐啤酒把我叫到顶楼，夜晚的风吹起来很舒服，她的影子被灯光反射得高大修长，像是不会倒下的巨人，可是真正站在我面前的陈小小只是一个身高连一米五都不到的姑娘，穿34码的鞋。

陈小小是人潮中最不显眼的那种姑娘，相貌普通，个子小小的，像没长开的初中生，但是好在成绩优异，性格乖巧，所以一直以来也算是顺风顺水。从来没有喝过酒的她却喝完了一整瓶啤酒跟我说，她要走。

我听说过最近流行起来的说走就走的旅行，被过分渲染的灵魂的救赎，一条朝圣之路，可是在我看来，做出这个决定的可以是任何人，却不是陈小小。

陈小小的成长像温室中最精心培育的花卉，承载了太多希望，所以需要更多的呵护。她一路走来，读最好的学校，取得最好的成绩，毕业以后找到顺遂心意的工作，听说最近准备在家里的安排下进行几次相亲，找一个门当户对的男人，过安稳顺遂的一生。

所以辞掉工作准备离开的陈小小在我看来不过是乖乖女的一次心理叛逆罢了。

陈小小太身在福中不知福了，拥有着许多人羡慕并且渴求的一切，却偏偏不知足。

可是她认真地对我说："我不是矫情、文艺还是什么的，我只是想趁着我还走得动，眼睛还明亮，看看这个听说很美的世界是什么样的。"

原来每个人都羡慕的，不一定就是好的。

几乎在所有人的惊诧和不解中，陈小小收拾收拾包袱就走了。她在朋友圈里把网名改成了陈三毛，她说三毛是个很酷的女人。

走之前，陈小小把个性签名改成了：路再长，也长不过34码的脚步。

土地给了她力量。

陈小小隔段时间就会给我发一些图片或者邮件，我觉得她变美了，以前的她躲在身边的人为她筑起的保护罩里弱不禁风，像我们现在看到的很多姑娘那样。

她们化精致的妆，厚厚的粉下面是表情僵硬的脸，她们在世俗的大流中自认为美好地活着，朝九晚五，讨好上司，和同事钩心斗角，她们不知道名著的作者和祖国的山河，但她们总是能一眼识别女同事的衣服来自哪个商场，她们穿着高跟鞋游走在尘世间，爱情是手里的车钥匙和房产证。

可是陈小小变得不一样了，她在尼罗河被晒黑了许多，不再化妆，却在阳光下笑得一脸阳光灿烂，以前的陈小小喜欢买很高很高的高跟鞋来弥补身高的不足，现在她好像已经不再自卑，因为她穿着帆布鞋站在一堆高个子朋友间也显得很出众。

土地让人有安全感。

陈小小带着她34码的脚步丈量着这个世界。

她说她看到了这个世界的一部分，它们让人喜爱也让人憎恶，她围着篝火和一群陌生的人跳舞，吃最鲜嫩的羊肉，她说那是最原始的滋味和快乐，比起在昂贵的西餐厅里吃的牛排，多了生命本真的水分。

我大概相信了她。

因为看多了周围的虚与委蛇，她的笑容很快乐。

最近陈三毛在鄱阳湖观鸟的时候邂逅了来自英国的"荷西"——一米九的大汉旁边依偎着一脸甜蜜的陈小小。她在邮件里邀请我去参加她的婚礼，居然是在山顶上举行。

这个温室里开放的花朵，在土地上扎根，长成了大树，并且即将变得更加强大。

当初陈小小带上行李选择离开的时候，几乎遭到了所有人的反对，甚至连她认为亲密的我也是嗤之以鼻。不过好在她有足够的勇气和毅力。

我们总是对安稳的现状存在不切实际的幻想，一边渴望独一无二不可复制的精彩人生，一边苦苦追求寻觅的却也是自己最嗤之以鼻的东西。我从来不认为陈小小是个文艺女青年,她不会写诗也不会弹吉他。

有些人以为穿着长裙子去一次古镇就是找到了灵魂。

却不知道精彩是土地赠予那双光着的34码的脚的礼物。

祝福陈小小。

窗 里 窗 外

我们有各自擅长的人生,窗内风景再美丽,也不如我中意的自由草原地。

最近一段时间,我常借林青霞的《窗里窗外》打发时间,一路读来,只觉得在人世间少数被上天厚爱的人中,林青霞算是一个了。

可是,很多人偏偏看不透这一点,只一味争相做窗里的风景,忽略了窗外看风景的人。

殊不知,晚礼服和高跟鞋固然好看,但是也许穿在你身上反而成了暴露缺陷的负担。

美丽就是找到自己的恰如其分。

我有一个朋友,名为"鞋托"。因为初见时,她便穿着九厘米的高跟鞋,走在校园的小石路上,一拐一拐地,让走在后面的人跟着心惊胆战。

后来慢慢熟悉了,才明白其中缘由,小小的姑娘一味羡慕电视剧里身姿婀娜的美人们,以为靠着双"恨天高"就可以走出女人的风情,结果累了一颗心,伤了一双脚后才惊觉,还是做回原来的自己最好。娃娃脸配上帆布鞋,青春洋溢是谁也羡慕不来的。

鞋托的性子很是要强,大学毕业之后,她一心想要留在北京。毕业初期,几经闯荡之后,她勇敢地放弃了自己的专业,转而投奔到了前途未知,毫无经验的保险行业。

保险行业我不了解,但是当第一个月她就拿着一万多元的工资出现在我面前的时候,我确实惊艳了一把,恨不得立刻丢弃了自己的小帐篷,奔向看得见的小康。

只是,我没有那个魄力,没有那个胆量,以至于直到现在,我还徘徊在专业的边缘,做着老实本分的工作,缺少几分激情,却胜在安稳自在。

于是,她每日风风火火,我每日自娱自乐。

鞋托是一个很容易伤感的人。

付出的多,得到的自然就多,这是任何行业都适用的真理。午夜十一点,有人在睡觉,有人在娱乐,有人却还在路上。鞋托就属于最后一类人。因为应酬过多,她几乎从来没在十二点之前回过家。

于是,当我即将进入梦乡的时候,总会接到鞋托的电话。

有时只谈她现在的工作,有时只聊我们的大学生活,有时只静静地听她一个人在电话那头抽泣。

她说自己很累。忙碌起来了还好,可每当闲下来了,再回到那个空荡荡,除了她就只有她的影子的家里,累的感觉便又占满了她的整个心。

这是成功前必须要付出的代价,我想她其实比我更加懂得。

有一段时间,《北京爱情故事》正火,汪峰操刀并演唱的《北京北京》,更是成了许多"北漂"一族的心灵良药。

> 咖啡馆与广场有三个街区
> 就像霓虹灯到月亮的距离
> 人们在挣扎中相互告慰和拥抱
> 寻找着追逐着奄奄一息的碎梦
> 我们在这欢笑
> 我们在这哭泣
> 我们在这活着
> 也在这死去
> 我们在这祈祷
> 我们在这迷惘
> 我们在这寻找
> 也在这儿失去
> 北京　北京
> …………

那段时间，在鞋托手机的歌单里，这首歌播放得最频，也时时触发着她的泪点。

有的时候，走着哭得累了，她便会在路边的石阶上坐下来，接着哭，甚至还不忘给电话这头的我报告，"路人一直看我"。这个时候，我总会调侃她，不知道的，还以为你被劫财劫色了呢。

她就这样一直地，不顾一切地做自己想做的事，连哭也不避讳路人的眼睛。

而我，做不到她这般坦然，她像个永远勇敢无畏的精灵，剖开最真实的自己，看到自己灵魂的最深处。

后来的某些时日，我的工作一直止步不前，每个月拿着两千多块钱的微薄工资，勉强糊口。这时，已经慢慢强大起来的鞋托又出现在我的面前，几乎是使尽了浑身的解数，想要将我带入她擅长的领域。

我最终还是拒绝了。我们有各自擅长的人生，窗内风景再美丽，也不如我中意的自由草原地。

只是，人总是有欲求的，不管你相不相信。当你真正遇到触动你心灵的事情时，这种欲求就会不受控制地溜出来，兴风作浪了。

前些时候，QQ空间里疯狂转载着一篇文章，我也参与其中。那是一篇军事报道，重要的不是军事内容，而是那篇报道的主人公。附的照片里，他黝黑精壮、眼神敏锐，和我印象中的那个大男生相差很多。

他是我高中时候的班长，毕业之后便一直未能见过，连音信都没有，没想到再次听闻他的音信时，方式却如此特别。他成了军事新星，成了各大网站的宣传主角，成了一把尖刀，成了一名合格的中国特种兵。

这个消息出来后，老同学们都沸腾了，都争相转载着他的消息，言语之中不乏自豪和骄傲。就是这篇报道，让我走出了自己的小帐篷，走到窗口下，有了窥视"窗里"生活的欲望。

只是，在抬脚的瞬间，我退却了。我重新走回我的小帐篷，重新踏上咯吱作响的落叶。因为我又想到了鞋托，也想到了我的许许多多的同学。

我害怕，我害怕看见窗里的好风景，就再难注意窗外的风景了。

当鞋托穿着高跟鞋在灯光舞美下运筹帷幄时，我正守着心爱的人窝在台灯下看完一整本好书。

她们得到了自己想要的。

我也拥有着自己喜欢的。

这样，挺好。

只不过是一场习以为常

鼓起勇气想要离开的,无非是那片习以为常。

习俗是什么?中秋节吃月饼就是习俗。如若中秋节送杨柳,这就是对抗习俗了。

每个人的骨子里都有对抗因子的存在,只是大部分人喜欢深夜欣赏,却很少有人敢在白日里显摆。因为怕被人看作"异类",被人骂作"神经"。

正像是男人、女人间的感觉一样,女人喜欢男人、男人喜欢女人是习俗,女人喜欢女人、男人喜欢男人可就是对抗习俗了。要是谁家有这么一个喜欢女人的女儿,父母不跳地三尺、尽情数落才怪;要是谁家有一个喜欢男人的儿子,那这家父母可就是上谢罪祖宗,下乞怜子孙了。

人生也就是这样,不管限度有多宽,总有一条会让你不舒服。

很多人厌倦现实,背上背包想来场说走就走的旅行。

而其实他们鼓起勇气想要离开的,无非是那片习以为常。

杨思是我的最佳损友,一路互损着长大。

她作为一个80后"剩女",离爱情十万八千里,要想在爱情上面有什么风浪，那简直是痴人说梦、天方夜谭。

爱情上玩不出花样，她便一门心思地扑在外界事物上，美其名曰"寄情于物"。有些时候，她也会学着文人那样，煽煽情写写诗，只是写完之后，我会由衷地感叹，幸亏她只是写给自己看看罢了。

文人做不成，她就试着当个"异类"，总是要搞出点动静来，好让别人知道她还在喘气，否则这人生过得也太随意了。所以，有段日子，别人说东她就说西，别人上天她就入地。

她一直有一个习惯，就是在吃饭的时候，遇到什么事情，就会习惯性地将筷子直直地竖着插在米饭中，后来我们的一个同学看到了，便几番纠正，还给她讲述了其中的原因。

涉及亲情的事情总是最容易让人妥协，最后她认怂了，以至于她现在吃饭的时候，都会在每一次停顿中想想筷子该放在什么地方，免得冲撞了亲情。

后来，她踏入社会，发现习俗这个东西，如果你兜不起，就最好不要去惹。

可是她就像一个可以包容万物的小宇宙，对所有被视作异数的事物都能保持同理心。

就像我们读初一的时候，我们年轻得就像一朵饱满的花骨朵，却在一次大会中，被激情高昂的校长称作"黄土埋到膝盖"的人，这样的话，连我们家里的大人听了都感觉怒不可遏，可在她心里，觉得这句话生动极了。毕竟按照人均年龄七十岁算的话，十一二岁的年纪，黄土也该到膝盖了。

可是当真要以一己之力对抗约定成俗的真理时，需要的岂止是一星半点的勇气。

风俗也好，习惯也罢，面对的终究是没有生命的东西，所以与习俗的对抗，也就成了与自己的对抗。一旦习俗之间插入了人，插入了活生生的人，那个时候，谁又敢说自己一定能战胜得了习俗呢？

他，不顾世俗；他，却被世俗所累。这样的两个人相爱了，注定是要以悲剧收场的。

他和他相遇在大学，并非一见钟情，也没有过于曲折的经历，就那么自然而然地发生了。

《浮生六记》是清朝名家沈复的著作，把夫妻生活写得平凡而又富有情趣。而他也不甘落寞，自认甜蜜程度不亚于沈复，便也以《浮生六记》为名，写了他和他之间的生活，字里行间，甜蜜之感自然呈现，让人忍俊不禁。

他说，真实的世界往往比小说更富有戏剧性。原本只是生活琐事，最后却似乎成了他人生的咒语。

他把自己的故事，陆陆续续地发在天涯上，有人祝福，也有人不理解。可是，这又有什么关系呢？毕竟这只是别人的故事，你再怎么呐喊，也走不进那个圈圈。

《浮生六记》之后，便是《我等你到三十五岁》。事实上，我知道这个人，还是从《我等你到三十五岁》开始。

初次看到这个书名的时候,我就在想,人若到了三十五岁,几乎就走过了一半的旅程,人世间竟然还有这等事,能够让人将一半的时间用在等待上面。这个人得有多傻!

他说,自己就像掉了一百个铜钱的寂寞寡妇,惹人悲悯。

其实,难过的不是你的离开,而是自欺欺人的有所准备。

张爱玲在《倾城之恋》中说:"死生契阔,与子成说,执子之手,与子偕老,实在是最悲哀的一首诗,生与死与离别,都是大事,不由我们支配的。比起外界的力量,我们人是多么小,多么小!可是我们偏要说:'我要永远和你在一起,一生一世也不分开。'好像我们做得了主似的。"

他则在《我等你到三十五岁》中说:"你看这个人,嘴里说喜欢我,又让我这么难过。"

他又说:"很多时候,不是愿意等下去,而是不得不等下去——知道能让自己这样喜欢着的人,这辈子都不会再遇到第二个了。"

然后,他走了,走得悄无声息。

在习俗面前,他胜利了,在爱情面前,他却又输得那么彻底!

他用死的方式,没能换回曾经的"爱情",却让人记住了他的名字,一个叫南康,一个叫白起。

缘是镜中花，留在镜中死

缘是镜中花，留在镜中死，原谅我不记得忘记。

总是有人孜孜不倦地教育着我们，漂浮在海上的浮萍累，漂浮在海上的扁舟累，随风飘散的蒲公英也累。可为什么累的是它们？他们把原因通通归结于无方向感。

没有方向感的盲目自由固然累人，那么难道稳如磐石的目标就是幸福的唯一出路吗？

人之所以会累，是因为有想得到却无法得到的东西；
人之所以会累，是因为有想丢却又无法丢弃的东西；
人之所以会累，是因为得不到的东西却不舍得放弃；
人之所以会累，是因为不喜欢的东西却不懂得接纳。

其实，人的累多半是自找的，就像幼年时期把你绊倒的树干那样，人家在原地好好的，你非要把它扛在身上，还美其名曰"忘不掉"。对于这样的人，我只能很有爱心地说一句："活该！"

第一个被我这么说的人，就是我的好友——Lina！

Lina喜欢一个人重复徘徊在一个地点，喜欢重复想念一个地方。有些时候，我看她多愁善感的样子，一度以为是转世了的张爱玲。在Lina心里，有一个地方她是忘不掉的，那就是济南，那个有山有水的济南。

人就是这样，越是破碎的、无法重来的事物，就越显得珍贵无比。

那年年末，刚拿到驾照，Lina便兴冲冲地给我下了通知——出了火车站，不许搭便车，她要亲自送我回家。

对于她开车的技术，我是心有余悸的。曾经坐她的二轮电动车，差点没把人家的后视镜撞下来。所以，在临行前，我再三叮嘱："慢点不要紧，关键是稳。"

初五刚过，她又迫不及待地打电话给我，说要带我出去转转，美其名曰"练车技"。我也调侃她，真是好朋友，练车技都拉上我这个垫背的。虽然这么说，但心里还是美滋滋的，毕竟这才是朋友之间的话语。

我的大脑连续闪现了好几个地方，但尚未出口就又遭到自我否决。后来，她等不及了，便在电话那头说："既然你不知道去哪儿，那我们就去济南吧！"

如果当时我知道她连县城都没有出去过的话，我肯定会收回自己的决定的，用比曹操还快的速度。当然，这些都已经是后话了。

济南的道路都是以经纬命名的，极富特色。此外，济南道路的经纬又和地理上的经纬概念有所不同，至于为何不同，就连老一辈的济南人也说不清楚。

记得以前来济南办事的时候，听着公交车里"经十二路""纬六路"的站名，着实吃了一惊，也让从小地理就不好的我，将济南道路归为"最复杂"一列。

上午八点出发，预期十二点就能到达的车程，足足多花了三个小时。我们把东西放到提前预订的宾馆里，便又坐上了车。

"接下来我们去哪儿？"我问道。初次在超多人流的地方行车，Lina显得有些紧张，而当时的我却思绪外出，竟然一点都没有察觉。

"去铁道学院吧！"她面色有些凝重地说。

我知道，铁道学院是她当初艺考报名的地方，是她初到济南的目的地，或许就让她与铁道学院结下了不一样的情缘！

倒车的时候，Lina不停地向后看，样子十分紧张。

那个时候，我打趣道："看你这样子，不会是第一次出城吧！"

不问还好，问了就是自讨苦吃了。

"我，我是第一次开出县城！"

这下轮到我紧张了，大脑飞速地转动着：七八个小时的车程，我们是怎么过来的？

"帮我看看后面的车。"还在和方向盘做着纠缠斗争的Lina命令道。

我像接受了多么严峻的任务似的，坐直了身躯，目不转睛地盯着后方："倒，倒，再倒……"

"左打方向盘，左打，左打……"

"咚"的一声，济南之旅就没有下文了。

左转弯的时候，我们的车碰到了前面的车，把对方车的后视镜给碰了下来。车主气急败坏地走下来，非要让我们高价赔偿。

我不知所措地站在那里。

Lina倒是很淡定地掏出手机，给车主的后视镜拍了张照片，又打了一个电话，便把正正好好的钱放在车主面前："不要想着讹人，后视镜的钱就在这里，只多不少。"

说完，留下目瞪口呆的车主，便拉着我上车走了。

车上，我的魂魄终于回归原位了。看着驾驶座上的Lina，简直帅呆了。

只是经过这一次的小插曲，我们也没有了游览的兴致。回到宾馆，退了房间，便打道回府了。

路上，我掰着手指头计算了一下，来济南的路上花费了七个小时，而我们却在济南待了不到一个小时，真是有趣极了。

Lina一路"抱歉"，我回道："我应该谢谢你才对，让我也有了一个留恋济南的理由。"

看，我也是这样，不管事情好与坏，都能够让我留恋许久。

第二天，为了弥补前一天的缺憾，Lina开车去家里接我，并且信誓旦旦地保证,她绝对能够平平安安、顺顺利利地带我去任何我想去的地方。当然,前提是不能出县城。

离家多年,县城我也不熟悉。思前想后,我又把决定权交给了Lina!Lina接口说道:"那我们去瞳里吧!"

这个世界上,还有那么一些地方,踏入是一种折磨,不入却又万分想念,瞳里便是这么一个地方。至少,对Lina来说是这样。

自从初中毕业之后,Lina就再也没有来到过这个地方,至此已经十一年了。不是不想,而是不敢。Lina害怕一些触景伤情的场景,害怕自己内心的恐惧和懦弱。如果说她心中负荷的伤痛有十分,那么光是这个地方便占了八分还要多。

每每想起,还是有些揪心的疼痛。

对于这个地方,Lina在梦里曾经无数次地渴求,渴求时光倒流,渴求能够再走一遍。

因为她想要寻求一个答案、一个结局,想给自己寻求一个满意的答复,想要问问那时的自己,你到底把梦想带到了何处?

可是,她忘了,有些事情是永远没有答案的,有些故事也是永远没有结局的,有一些人则注定是陌路人的,而有一些梦是无法重来的。

而今天,她又来了。十一年未见,校门宽了,教学楼也高了。

她坐在驾驶座上，定定地看着前方。我担忧地看着她，因为我知道她的一切。

"Lina，在外面看看就可以了，不要进去了。"

她知道我的担心："没事儿，我是来告别的。"

在哪个地方开始，还要在哪个地方结束。

她缓缓步入这扇大门，呼吸也加重了许多。就连跟在身旁的我，脚步也沉重了许多。

她一步步地、极其郑重地走过她曾经待过的每一个地方：大雨下的单双杠、哭泣的屋檐下、教室里的争吵和打骂……走着走着，她哭了，我的眼泪也不争气地流了下来。

为了谁而哭呢？为了曾经那个受尽百般委屈的小女孩，为了少不更事时肆意抛弃的友谊，更为了曾经信誓旦旦的许诺……

她高昂着头，望着眼前的教学楼，就好比一只即将被放飞的雄鹰那般。这是她第一次仔细地看着它，也是最后一次。

永别了，再也不能这样纠缠。

永别了，再也不能这样折磨。

Mary是我身边典型的女强人。她随身携带的包里永远备着一本小小的备忘录，上面密密麻麻的全是最近要注意的事情。

她从小就是这样，备忘录的扉页上写下期末要考一百分，那么接下来的备忘录上就绝对不会写周末要去哪里玩耍，而是今天要做几道算术题，写几百字的周记。

她的每一本本子上都是宏伟而艰巨的目标，那么后续的记录和生活就只能是围绕着那个目标打转。

她就像一个计算周密的机器人，每一步都按照预定的节奏往前走。

那个时候的同龄人大多都是走一步看一步，只有她，一步一步按自己的计划考上最好的高中和大学，学理想的专业，升职加薪，稳步上升。

Mary曾经是整个小区父母教育小孩的模范——你看人家姑娘，说六点做作业就绝不拖到六点一分。

可是大概只有我知道她不快乐。

年少时Mary爱上了一个男孩，爱得深，可是那时的Mary一心要留在北京，男孩让Mary为他放弃北京，去到南方的城市一起打拼。Mary毅然决然拒绝了，那时的她也不知道留在北京和去往南方对自己的人生究竟有什么差别。

可是一贯坚持的她固执得不愿自己的人生出一点偏差，于是一对佳偶只能分道扬镳。

直到现在，喝醉的Mary还总爱问我，如果当初任性一点，说走就跟他走了，会不会幸福就变成两个人的。

这些年来，目的明确的Mary一路走来，的确错过了太多东西。

忙着CEO工作的她没能赶回去见外婆最后一面，变成一生都无法弥补的遗憾。

　　Mary趴在桌上流眼泪，她说从小所有人都在教育我们朝着目标坚定不移地走下去就能找到幸福。可为什么她一步一步走得分毫不差，人生却除了遗憾什么都没能留下。

　　我想Mary总有一天会真正懂得：你要有所坚持，但坚持不等于固执。
　　蚕，都是被自己所吐的丝裹住的。心累了，再多的坚持都没有意义。
　　目标是为了让我们在行走的过程中不至于迷失方向，可是如果让那些无所谓的负累牵绊住自己，目标只会变成障碍物罢了。
　　前些日子，Mary打来电话，说已经辞掉工作，准备南下找他。
　　或许我们应该做的，只是学会如何放下。而不是拿那些条条框框，那些所谓的目标，捆绑自己本可以飞翔的自由灵魂。
　　就像林夕在《身外情》里说的那样——这一分钟我站在何地，怎么竟跟你活在一起。缘是镜中花，留在镜中死，原谅我不记得忘记。

回家的路，总在脚下

不管是十年、几十年，家就在脚下，他们一直都在迈进。

回家，是一张手里的车票；回家，是一通思念的电话；回家，是儿女委屈时的象牙塔。但对于一部分人来说，回家，是他们毕生的追求和宿命。

一

脚下的路有多长，请问问家的方向。

陆康用了大半生的时间，才走到自己的家门前。

家门前，颤颤巍巍的奶奶倚在门边上，看着已知天命的孙子，迎来的不是拥抱，而是无声的哭泣和身边的拐杖。

陆康跪在奶奶面前，抱着奶奶的腿，痛哭流涕："对不起，对不起奶奶，请原谅我！"

奶奶用颤抖的嗓音说道："这些话，你去你父亲的坟前说！"

说完，奶奶便起身回屋，不再理会门外的孙子。她的心不是不痛，而是已经麻木了。

陆康笔直地跪在大门前。多年前，他逃难去了台湾，只是没想到，这一去就是四十多年。期间，他也曾多次写信回家，只可惜当时大陆已经重新划分了行政区，往昔的记忆也已经变得模糊不清。后来，他又托香港的朋友，希望能够有时间代他回家看看。

就这样，一张纸片的乡情，竟然也成了无法企及的渴望。

他就那样笔直地跪着，周围邻居想要把他拉起来，他拒绝了。他说："就让我跪吧，这样我的心里或许还会好受一些！"

每个人都知道他心里痛，可是只有天知道他到底有多痛；

每个人都知道他心里苦，可也只有天知道他到底有多苦；

每个人都知道思念的力量有多重，可是只有他和屋内的奶奶知道，思念到底有多重！

二

家是什么？家是温暖，家是港湾，而对陈辰来说，家就是一袋盐。

谁也不会想到，家和一袋盐的距离，竟然需要四十年的行走。

陈辰离家的时候只有十八岁，离家的原因自然是去买盐，结果在买盐的途中被抓了壮丁，之后就被迫跟着部队去了台湾。

复员后，他住在台湾的眷村，期待着回乡的日期：一年、三年、五年……四十年。

眷村，是用于安置被迫从大陆各省迁移过来的国民党军人的。眷村破破烂烂的，但没有人在乎，因为在人们心中，他们始终是要返回家乡的。只是，谁也没想到，时间会是数十年。

眷村在这六十多年里，创造了很多的软实力文化，出了很多有影响力的名人，像邓丽君、王祖贤、林青霞、任贤齐等。

舞台剧《宝岛一村》的结尾处，有老赵留给小赵的这么一句话：台生，愿你此生不知道什么是颠沛流离，愿你此生不知道什么是战争，愿你此生永远平安。

此一句，涵盖了老兵们一生的辛酸和无奈……

陈辰在眷村有一个邻居，在眷村居住的前几年，每天早上，他做的第一件事情就是把自己的铺盖卷起来。因为在他心里，是准备随时回去的。直到后来，当地给他们盖起了新房，他才坐在地上号啕大哭，念叨着"我再也回不去了"。

陈辰见此情景，心情也是万分焦急。他怎能不急呢？他的母亲还等着他买盐回去呢。

陈辰最喜欢余光中的《乡愁》：乡愁是一湾浅浅的海峡，我在这头，大陆在那头。

海峡虽浅，却难以跨越。

渐渐的，回乡没有了希望，陈辰的心也算是死了。他和其他人一样，买了房子，娶了当地的媳妇，生了个可爱的孩子。日子平淡，又有说不出的问题。

直到有一天，当陈辰听到广播中的探亲通告时，七十多岁高龄的他手指颤抖着站在原地。他让儿孙帮自己申请到了探亲假，日夜期盼着那一天的到来。

真正能够回去的时候，年迈的他却有些胆怯了。时光如梭，亲爱的人可还在？

陈辰踏上了自己的故土，重新踩在了记忆中熟悉的道路上。

只是，家还在，人却没有了影踪。

被指引到母亲的坟前，陈辰跪下，大声喊道："娘啊，儿把盐给您买回来了！"

三

不是父亲，她不知道有一种思念如此沉重；不是父亲，她不知道有一种寡言如此心痛；不是父亲，她不知道有一种亲情如此奢望；不是父亲，她也不知道有一种等待如此漫长……

到不了的远方，是回不去的故乡。

有些时候，刘希会问自己的父亲："你会想念在海峡那边的爷爷奶奶吗？"

父亲总是很平静地回答："不想，想了也没用。"之后便不再说话。

父亲已经五十多岁了，他对刘希说过一句话："希希，我们的家在大陆，你的爷爷奶奶也在大陆。"之后，刘希再问起相关的事情，他都不再多提。

父亲就是这样寡言，就连刘希的母亲都说："你的父亲对我根本就不上心！"刘希不以为然。

日子平平淡淡地过了几年，台湾又兴起了一阵回去祖国大陆的"探亲热"。刘希瞒着自己的父亲，也为他申请了探亲假。

刘希把这个消息告诉了父亲。父亲转过身去，竟然掩面抽泣起来。在回家的路上，刘希才知道，父亲的沉默寡言是假的。

一路上，刘希兴奋地问东问西，母亲则待在一旁无声地看着。后来，刘希问父亲："离开了这么久，你还记得回家的路吗？"

父亲说道："回家的路怎么会不记得？走得再远，走得再久，回家的路都在心里，不会忘记的。"

近乡情怯，到达目的地的时候，父亲突然停住了脚，嘴巴张了两下，没有说出任何话来。刘希知道，她的父亲有些害怕了。

父亲站在自家门前，小木门已经破旧，可还是自己临行前的那一扇。从门口望进去，院子里的梧桐树已经粗壮了很多，这是他临行前种下的。

父亲小心翼翼地迈步进去。院子里，坐着一个白发苍苍的老人，眼睛闭着，似乎睡着了！

父亲颤抖地站在老太太面前。老太太似乎感觉眼前的阳光被人遮了去，于是便缓缓抬头，只是眼睛却没有睁开，问道：

"儿啊,是你吗?"

父亲听到这一句话,再也无法控制自己的情绪:"娘,是我,儿回来了呀!"

后来,刘希从送饭的邻居那里得知,自从父亲走后,奶奶的精神就不太好,两只眼睛也哭瞎了,整日坐在院子里,坐在大梧桐树下。来个人,她就问:"儿啊,是你吗?"

邻居们听得多了,有时也会答上两句:"快了!快了!"

为了照顾奶奶,父亲不顾自身情况,坚持要留下来。就这样,父亲成了年纪最老的"黑户"——一个找到了家的"黑户"。

在这个世界上,任何东西都挡不住回家的心,任何东西都阻碍不了回家的脚步。不管是十年、几十年,家就在脚下,他们一直都在迈进。

家是灵魂的最终归宿。

悲伤的结局中不愿做谁的悲伤

躲不过,也只能迎上去。

毕淑敏说:"死亡可是不讲情面的伴侣,最大特点就是冷不防,更很少发布精确的预告。于是如何精彩地告别,就成了值得深入探讨的问题。"

死亡，是人类的禁忌。父母会告诫孩子，不要总把"撑死""饿死""冻死"等一系列带"死"字的词语挂在嘴边。似乎只要不说，就不会发生似的。只是，不管你再怎么逃避，再怎么厌恶，死亡还是会在你不经意的时候，来到你身边。

躲不过，也只能迎上去。

于是，就开始有人想着如何策划死亡，以最完美的方式和这个世界永别。

我有一个忘年交，他比我父亲的年龄还大，性格和善，每日都像过大年一样，乐呵呵的。后来，他举家迁往伦敦。再到后来，他来电告诉我，他在伦敦开了一家华人餐厅，生意很是火爆。我由衷地替他高兴，毕竟一个年近七十的人，还有勇气去开辟一番事业，只这一点，就值得所有人敬佩。

去年，我因事前往伦敦。因为第一次出国，兴奋不已的我，在朋友圈内晒出了自己的机票和护照。

出了机场通道后，我惊异地在接机人群里，看到了写着我名字的招牌。我正纳闷，心想或许是同名吧，可刚走出没多远，便听到后面一个熟悉的声音，他叫着我的名字。

转头，拥抱，许久不见。

上了车，我问他："你怎么知道我要来伦敦？"

他笑嘻嘻地说："圈里（朋友圈里）。"

我无语，又说道："饭店不忙？不必来接我的。我忙完自己的事情，原本也打算去找你的。"

他还是笑眯眯地说:"我得为我的下辈子做准备啊!"

他侧头看了看我,见我没有明白,又继续说道:"人家不说了,前世五百次的回眸,才换来今生的擦肩而过。我得多争取点儿时间,多和你相处一下,这样下辈子我们才能够再次碰见。"之后,又有些语重心长地补充道,"你是个有意思的丫头,这辈子,没处够!"

我笑了笑,没有说话。

他将我带到预订的酒店里,我下车,他从车窗探出头来:"忙完之后给我打电话,让你嫂子给你做好吃的。"

我点头答应。

第二天下午,忙完手头的工作,便给他打了个电话,要了地址,然后空手上门了。

我是北方人,他的妻子是南方人,可为了顾及我的口味,菜里很少见辣椒。对此,我唯有一再表示感激。

饭桌上,他的妻子因事离开。我们两个便你一杯我一盏地喝。

他说:"趁我还活着,你应该多来几次伦敦。等我离开的时候,就不要来了,来了也看不到我了。"

虽然我很诧异他此时的情绪,但我还是跟他打趣:"放心,就算我从此不来,我们数不清的回眸,也足够我们下辈子相遇了。"

他听了之后,哈哈大笑起来。

他说:"我都已经想好了,在我临死前,我会给你们一人寄去一盘录像带。我在录像带里哈哈大笑,你们在录像带外哇哇大哭。光是想想,就觉得幸福极了。你看,你们再大的悲伤,还是掩盖不了我的快乐呀!"

他抿了一口酒,接着说道:"咱这一辈子,没有羡慕过谁,也没有妒忌过谁。这临了了,倒是想要和人比一比了。比什么呢?比钱,咱不是最富有;比权力,咱就一平民。思来想去,那咱就比谁最快乐吧!"

人这一辈子,能够笑着永别的人,肯定是最快乐的。

机场送别的时候,他拥抱了我一下,并附在我的耳边说:"丫头,有时间还是多来伦敦玩玩吧,我让你嫂子给你做好吃的!"

我望着他满头的白发,心里突然抽紧了一下,点头说道:"好,等我忙过这一段,就过来找你。"

他欣喜极了,最后又拥抱了我一下,说道:"该登机了,丫头。一定要来啊!"

世间最会骗人的就是承诺,甚至连最真诚的人,都不知道他什么时候会骗人。

两个月后,我再次见到了他,在网上,更准确地说,是在视频上。

看着他哈哈大笑的模样,电脑前面的我哭得不能自已。

他说:"丫头,这样告别的方式,还算有创意吧!"

他说:"丫头,让你多来伦敦走走,你就是不来,现在后悔了吧?看到你后悔,我就开心了!"

毕淑敏说,或许将来可有一种落幕时分的永别大赛,看谁的准备更精彩,构思更奇妙,韵味更悠长。

是的,你赢了。你赢了这场比赛,可唯一的遗憾,便是你这个冠军却无法亲自领奖了。

留住你脚步的那几个人

只是有些时候,你所坚持的,并非就注定是你的。

《牧羊少年的奇幻之旅》中有这么一句话:当我真心追寻我的梦想时,每一天都是缤纷的,因为我知道每一个小时,都是实现梦想的一部分。一路上,我都会发现从未想象过的东西,如果当初我没有勇气去尝试看来几乎不可能的事,如今我就还只是个牧羊人而已。

只是有些时候,你所坚持的,并非就注定是你的。

如果一个人,坚持十年作画却没取得什么成果,最后才不得不放弃,这样的人是不值得怜悯的。放弃得太晚,白白浪费了几年时间。

如果一个人学医一年,便以没有天赋为由放弃,这样的人也是不值得称道的。放弃，只是放弃了不适合的，放弃得早，或者放弃得刚刚好。

几乎每一个人都听到过梦碎的声音，有的长吁，有的短叹，而更多的则是太多的迷茫和心痛。如果非要为这醉生梦死找寻一个理由，那就是每个人都坚持了不该坚持的东西。

人生最自在之处就是懂得何时该舍，何时能得。不盲目才能为智者。

求之不得是最折磨人的事情了。

一件物什，越是无法得到，人们便越会想方设法地去追寻；越是容易得到，反而越容易被搁置到脑后，几乎忘了它的存在。或许，这就是大部分人的通病吧！也正因为如此，世间才会痛苦的人居多，快乐的人却较少了。

不过，也有这么一部分人，他们的坚持只有几秒、几个小时、几天或是几个月的时间，最后便将这些统统不适合的东西抛之脑后，然后再花几秒、几个小时、几天或是几月的时间去寻找，直到找到一个让自己心神舒畅的地方，才会停步下来，并在这个地方生根发芽，开枝散叶。

最后，求之不得的人受尽百般折磨，一边哀号着心痛，一边继续追寻那遥不可及的梦。而适时放弃的人，则及时享乐，一边饮着美酒，一边讲述着最美的传说。

世间万物，并非只有坚持是对的。

文学工作者都是疯子,这是我的好朋友小鱼从业以来最大的感受。

初中的时候,小鱼就写过两部超过十万字的小说。当然,最后并没有像韩寒、张小娴那样出版发行,甚至读者也就她周边的寥寥几个同学。

小鱼喜欢将自己的文字拿给别人去读,观察他们的反应,聆听他们的意见。在做文章上,她喜欢被夸奖,更喜欢听建议,而在其他事情上,她不喜欢被赞美,也不喜欢被批评。

当时只记得她的两本书,一个理想一个现实,一个幸福一个哀伤。

这两本小说只是记录了小鱼的生活,并且被小鱼夸大了许多。她也从没有出版的想法,毕竟她的梦想从来就不是当一名作家。所以直到今天,那两本小说还被搁置在小鱼的书架上。有些时候,我也会拿下来翻上几下,看看里面的文字,然后再给小鱼提出一些自认为可行的建议。

我相信时间是有记忆的,它能够记住你的好,也能为你安排合适的路。

小鱼是影视专业毕业的,最终却走上了写作这条路。只是现在的脑袋再也没有以往的天马行空,或许不是没有,而是不敢。

小鱼毕业初期,显出一副"初生牛犊不怕虎"的模样,一路闯进了影视圈,做了一个小小的经纪人,手下管理着几个新生代演员。那时的她,一心想要带领自己的小团队走出国门,走向世界。所以，那段时间，我总会向各个好友抱怨——我的同居女友已经疯了。

可是，谁敢说自己没有为梦想疯狂过！

我和小鱼租住的是一个两居室。有时候，睡得浑浑噩噩的我，还能够听到小鱼的开门声；半夜起来上厕所的时候，还能看见小鱼坐在沙发上，一手端着咖啡，一手拿着电话和演员、导演聊天。有些时候，我就问她："八字没一撇的事儿，你这么认真值吗？"

小鱼很奇怪地看着我，说："如果不认真的话，又怎么知道值不值呢？"

就这样，她那段时间的作息，是在凌晨两三点钟入眠，早上六点钟准时起床，然后在我还没有洗漱的时候，就提包出门。

很多时候，我看着摇晃的门帘在想，小鱼可能被什么妖魔附了身，否则三四个小时的睡眠，怎么就能让她一整天像打了鸡血似的。

直到梦碎的时候，我才知道，她的梦真的来过。

小鱼的这种情况持续了将近两个月。直到有一天晚上，很晚，小鱼喝得酩酊大醉，我从被窝里爬出来，给她倒热水，帮她脱掉弄脏的衣服。

小鱼就窝在沙发上，那个被她当作工作台的地方。她把头深深地埋进去，问她怎么回事，她也不说。

就这样，我陪着她坐了一夜。

第二天六点，我看着小鱼，思量着是叫她上班，还是让她再多休息一会儿。我刚一挪动身体,小鱼便说道:"你去睡吧,我已经不用上班了。"

我惊愕地站了一会儿,又呆呆地坐下。

不知道怎么回事,我不是小鱼,却也尝到了心痛的滋味。

小鱼辞职了,是那种不情不愿的离职。

一上午,小鱼都保持着同一个姿势,我也向公司请了假,只为能在家静静地陪她。

她说:"你知道吗?当我跨入这个圈子的时候,我就没有想过有退出的一天。"

我理解小鱼的这种心态,就好比你看到了一座漂亮的雪山,却无法到达一般难过。事情没有发生,谁都没有未卜先知的能力。

我坐过去,拍了拍她的肩膀,假装很轻松地说:"没事,我们再重新找呗!"

"哪有那么容易?我的那些艺人,我的设计图,我的那些梦,都将随着这次的辞职远去了。"

她擦了擦眼睛,接着说道:"我想,离开或许是好的,或许我本身就不适合这个职业。只是不甘心罢了。我曾经是那么投入,最后却换来了离开的结局。"

是的,她一直是那么投入。记得有一次,深夜零点已过,她还没有到家。我担心她一个女孩子在外会有什么危险,于是便打电话给她。

当时,她正在一个制片人的门外。这个制片人因为要赶早上五点的飞机，早早睡了。她为了让自己的演员上戏，便决定在门外等候。她用一夜的辛劳，为她的演员争取到男三的角色。

下午，小鱼洗了把脸，抱着手机蹲坐在沙发上，给自己的艺人一个个地拨打着电话，不停地说着"对不起""抱歉"。

那些艺人倒也通情达理，并没有过多的指责。毕竟走了小鱼一个，还有其他经纪人。

小鱼说："如果有一天，我的这些艺人上了院线，出了专辑，我肯定第一个捧场。"

之后，小鱼又找了几家影视公司，只是当时的热情已经退却，物是人非，小鱼终不愿再迈入。小鱼说："心丢了，再多的坚持也毫无意义。"

后来，小鱼看到了书架上她的两本处女作，于是又重新提起了笔。

其中的一本小说一炮成名。这是我，甚至连小鱼自己都没有想到的，倒也真正应了那句"有意栽花花不开，无心插柳柳成荫"的古话。

后来，一些影视公司主动找上门来，想要收购小说的版权，其中便有小鱼曾经服务过的影视公司。

小鱼当初之所以离职，便是和这家公司的老总起了矛盾。可是，小鱼还是毫不犹豫地选择了那家影视公司，因为那里有她放不下的人。

钱好说,前提是让她曾经带过的艺人当主角。

你看,世界就是这么千奇百怪。原本以为再也接触不到的圈子,却在她放弃后,又以另一种面貌走进,而且比之前还要成功。不得不说,这很奇妙。

如今的小鱼已经成了一个金牌写手,她给很多导演写剧本,写脚本,编故事。没有人能够留住她的脚步,除了那家影视公司。准确地说,是影视公司里的那几个人。

走在路上,抑或从未远行

如果心不在、灵魂不在,那么就算你走了再多的路,也从未真正的远行。

我们每一个人都有一间小房子,小房子里堆满了久未打扫的尘埃。有些人喜欢赤着脚进去,有些人喜欢穿着鞋进去,而有些人干脆就不进去。

赤脚的人,带出了尘埃,是结结实实的尘埃。

穿鞋的人也带出了尘埃,只是一出门,那尘埃便被风吹掉了。

干脆不进去的人,也就没有机会亲身碰触到尘埃。

平凡的人说,我走了一百公里的路,走坏了三双鞋,花了两千大洋,我觉得我已经走遍了半个世界;

盲人说，依靠着别人的帮助，我走了五百公里的路，走坏了两双鞋，可我却觉得自己从未远行。

黑暗的世界里，是没有距离可言的。

有些时候，我们正要做那盲人，不给前方设定距离。

郭大哥是我在旅途中认识的。那年，我二十二岁，他二十八岁。我是毕业后第一次旅行，而他则走得很是随意。

那个时候，我已经走过三个城市，而他却不记得走过了多少城市。

那个时候，我坐在车厢里，正和几个驴友商讨着下一站的落点。我说："等游完杭州，我就回去了。这一次已经游览了很多地方，已经足够了！"

我的几个驴友还是一副意犹未尽的模样，纷纷劝说我再多玩几站，让我再去看看西安的兵马俑，走走北京的胡同，看看丽江的山水。只是，那个时候，我给自己定下的目标就是游完四个城市。这四个城市看完了，我就要打道回府了。

看我这般固执，驴友们也就很知趣地不再多言了。

没办法说服我，他们便将注意力转移到了我旁边的一位乘客身上。这位乘客长得很白净，二十八九岁的样子。从他坐着的上半身的比例来看，身高应该也矮不到哪儿去。他双眼直直地盯着桌面，桌上除了有吃剩的泡面和几只乱舞的苍蝇外，再无其他。

驴友小刘是个好动、爱交朋友的女孩，她朝我眨眨眼，随即问我旁边的乘客："嘿，帅哥，你这是要到哪儿去啊？"

那帅哥这才抬起头来，看了看小刘，又瞅了瞅我们这几个人，目光中的警惕，让我瞬间想到了"狼外婆"的故事，只不过好像"狼外婆"是我们几个。

他没回答。小刘也不气馁，又将身子凑了凑，隔着桌子继续问道："帅哥，聊聊天呗！一个人走那么长的路，不无聊啊？"

那帅哥终于说话了："不无聊！"

我见小刘有些尴尬，便也跟着说道："你也是旅游的吗？"

"是啊！"像他这样惜字如金的男人，我倒是第一次碰到。

我又接着问："你有同伴吗？"

"没有。"

"那你要去什么地方？"

"杭州。"

"准备玩多久？"

"不知道。"

我们两个有一搭没一搭地聊，虽然彼此说的不外乎这些不疼不痒的内容，但有人能说上话，总归是好的。受到帅哥冷落的几个驴友，便撇开我们两个，看电影去了。

"游完杭州后，你有什么打算？"正在思考着该如何开启下一个话题的我，听到他这样问，有些受宠若惊。这句话很明显，我们刚才聊天的时候，他肯定在神游中。

"我在杭州待上两天就回去了。他们几个可能还要再去西藏呢！"我答道。

他又问道:"你这是第几次旅行?"

我答道:"我毕业刚满一年,刚刚辞了职,这次权当是出来散散心,算是第一次吧!你呢?你经常旅行吗?"

"我已经出来两年了。"

"啊?"我不知道两年在他嘴里的含义,是外出工作两年,还是旅行两年,或者是其他的什么两年。

见我疑惑,他解释道:"出来旅行两年了。"

这下我更加震惊了:"旅行两年?哪来那么多的时间?"

他淡淡地说道:"在我们这样的人眼里,哪还有什么时间概念。我们就像个盲人,除了脚下的路,什么都注意不到。"

我笑了,心想:或许是时间不愿意看到你吧,这样漫无目的,再有时间概念也没用。

他似乎看透了我的心思,接着说道:"旅行是内心的释放。如果时刻计算着时间和花费,那就不叫旅行了,或者说只是自己的躯壳外出散了一圈步,而灵魂却从未远行过。"

我不禁有些讪然,我大概就是他说的让躯壳外出溜达的那一类人吧!除了相机里的几百张照片外,对某段风景的故事,却只能按照旅游指南照本宣科,更多的却不知。

看来,我的心确实没有跟过来。旅行,成了我"例行公事"的行动。

愣神儿的工夫,他又说道:"回去之后就要找工作了,你有什么打算?"

我很是不解地说:"能有什么打算,接着找工作,争取能拿个更好点儿的工资。"

"只是这样吗?"

"当然不是,我还要争取当经理,当总经理呢!"

"为什么没想过自己开公司?"

他的话让我有些瞠目结舌。这不是开玩笑嘛!工作还没有着落呢,就想着自己开公司?不过,我还是诚实地答道:"自己开公司这个事情,我想都没敢想过。"

他皱着眉头:"既然开公司都没有想,那为何还一直盯着经理、总经理的位置呢?干脆什么都放下,多好!"

看着我疑惑的眼神,他的话似乎多了起来:"工作是人生中最漫长的旅行。如果你给自己制定了明确的距离,你也就只能到达那个地方。你定个经理的位置,那么等你到达经理的时候,你就会满足了。但是如果你像个盲人一样,只在乎脚下的路,而不看远近的话,或许在你不知不觉中,道路已经无限地延伸了。"

这下我听明白他的话了。连同他的这番理论,让我更加肃然起敬。

在交谈中,我知道了他姓郭,于是我就称呼他为我的"郭大哥"。

杭州一别,我回家找工作,而他则继续前行。

直到后来的某一天,在市场上,在畅销书专区的位置,我看到了一个熟悉的名字,看到了熟悉的面容——郭大哥竟然出书了。

在书的封面，他写了这么一句话：

当你全心全意为了脚下的路而准备的时候，路也会带你走向意想不到的远方。

脚下的路是有灵性的，它能够透过你的脚步，探入你的心灵，并且在你毫无准备的情况下，给你带来一番惊喜。

我把他说的这些话抄来贴在墙上，每天都看着、看着，有时候竟真的忘记了时间。

如今，我终于知道，那间充满尘埃的房间，是要赤脚踏进去的，是要和尘埃亲密接触的，也是需要带着心、带着灵魂进入的。

如果心不在、灵魂不在，那么就算你走了再多的路，也从未真正地远行。

于是我又想起了真正旅行的郭大哥，或许他又到了某个地方，与身边某个让躯壳旅行的游人，聊着同样的故事吧！

天已微凉，人已生长

信仰是不安之下建造的堡垒。可是它保护着我们。

人一出生，便把这身体托付给了大地，把灵魂丢给了信仰。总有些什么，在斑驳的时光中如同永恒的花香，走过了悲伤，走过了荒凉，陪伴着一起地久天长，如同天已微凉，人已生长。

因为需要，所以存在。所以有人将心交托给了耶稣，有人将灵魂寄予在释迦牟尼身上，更有甚者，将自己交给了天上的飞鸟、地上的走兽。

每个人的神色都是虔诚的，因为在他们看来，这些是来拯救自己灵魂的。仿若只有得到了这些，他们才能够安心生活，否则就像热锅上的蚂蚁，不用你拨弄，自己就已经乱成一团了。

不过，这样也好，给自己的人生找了一个很好的理由，不管是悲伤也好，喜悦也罢，既然这是意有所指的事情，人们也就不会过度悲伤，抑或是过度喜悦了。

信仰只是缺乏安全感的人们为自己建造的最后的堡垒。

印度给我留下的印象，除了动人的电影、欢快的歌舞以及难吃的咖喱饭外，最深的怕就是贫民窟了。

说来惭愧，印度的贫民窟，我并没有亲见，只是凭着一部英国人拍摄的电影《贫民窟的百万富翁》而构架起了对它们的印象。

或许从那个时候开始，我便一直想要前往印度一趟，去亲自体验一下贫民窟的生活。

有人说，你想要了解一个地方，就得亲自到达，因为只有这样，才能够证明之前的你，是多么的无知与可笑。

有一本书稿完成得差不多了，我的惰性便又涌上来了。没有心思写作，干脆笔杆子一放，订了两张从北京直飞新德里的机票。一切手续办完之后，便给密友小艾打了一个电话，通知她，明天飞往新德里。

我即兴的安排，小艾却是极其不赞同的，听了一会儿，觉得再听下去也不会有新的内容，我便挂了电话。

第二天凌晨四点，我公寓的门便"哐哐"作响起来，声音奇大无比。我睡眼蒙眬地打开了门，小艾的大饼脸就直接贴进了我的怀里。

我有些生气地说："你有病吧，这么早？！下午四点的飞机，你不知道呀！"

小艾窝在我的怀里，不清不楚地嘟囔着："小样儿吧你！为了你一张破机票，我搭上了自己的工作。我没把你的家给炸了，你就该谢天谢地了！"

说罢，小艾从我的怀里拔出头来，瞅了瞅我，又推开挡在门前的我，嘟囔着："给姐姐把行李提进来。"

这下，我总算清醒过来。

原来，小艾所在的公司眼下正处于紧张运作时期，上上下下都绷紧了弦冲业绩。小艾这个时候请假，自然是难比登天。

假请不下来，小艾干脆洋洋洒洒地写了一封辞职信，交到了主管办公室。

这下，她便有了无尽的假期。至少，目前是。

我把行李箱提进来，瞅了瞅左邻右舍，发现没有人对小艾的行为表示抗议，才又放了心，重重地关上了门。

我埋怨她："傻不傻啊你，那么好的工作，和主管说说，几天假期还请不下来啊!"

小艾喝了一罐红牛,说:"不管怎么说,我也得对得起您老人家手里的飞机票啊!我才懒得和他磨叽这个呢,要走就走得利索点儿。"

小艾是个东北人,最常听她说的话就是"能不能别磨叽""别给我磨叽""别磨叽了行不"……

辞了职,倒真的是不"磨叽"了。

经过十多个小时的飞行,我们抵达新德里时已经是凌晨两点多钟了。换了一些卢比后,便坐上机场巴士,四十分钟后,到达我们预订的宾馆。

稍作休息,上午十点左右,我们便租了辆小车,前往新德里的"印度门"。用了差不多两个小时游览了"印度门",简单地用完午餐,下午一点便前往德里旧城,去看德里红堡。

在德里旧城转了差不多一天,除了在机场时的超大好感外,这里似乎又恢复到电影中的印度——环境差,人员也比较冗杂。有些时候,走在某一条小路上,就会有一种贫民窟的错觉。

贫穷成了整座城市的主色调。

不过,这一次的印度游中,给我们留下最深刻印象的,要数"圣牛踩踏"仪式了,这也是来印度旅游时必不可少的参观项目之一。

这一仪式,确实把我们两个外来客给震惊到了。哪怕这是他们的一种仪式,一种向往,但这种仪式和向往,都像马达加斯加的"翻尸"仪式一样，让人无法接受。

在马达加斯加，每一年或每三年的某个时候，都会有固定的一天，由家属把祖宗的坟墓刨开，把尸首翻出来和家人重聚，以此来祈求来年的幸福。

虽然未曾亲见，但从这样的描述中，我就能体会到毛骨悚然的感觉了！

而"圣牛踩踏"仪式，则是要几十个男子服服帖帖地趴在地上，像是在跪拜能够带来甘霖的神灵一般，任凭无数被当地人打扮得花枝招展的"圣牛"，从他们的身上一一踏过。

我瑟缩着脖子，几乎能够听到骨头断裂的声音，可地上的男子还是那般趴着，脸上并无痛苦的表情，甚至还很享受。

当地人说，被牛蹄踏过，代表着圣牛会带走他们身边的困难。

小艾小声附在我的耳边："你说，这样整，他们会不会有被'圣牛'踩死的情况？"

我小声"嘘"了一下。

人总是要带着点儿东西活下去的，如果踩踏能给予他们希望，那就静观一切吧！

我们所以为的苦痛，也许是他们渴求的恩赐。

仪式结束，这些男子在受到亲人的祝福后，便一个个被送往医院，治疗瘀伤。

被踩的男子虽然经历着身体上的痛苦，却在心灵上获得了极大的满足。毕竟，他们已经得到了"祝福"，并且打心底里相信这种祝福会带给他们福报。

从印度回来后,我们休整了两天,然后我继续我的稿件,小艾则暂时栖身在我的小公寓里。

白天,我在家写作,她出去找工作。

晚上,我们挤占一张沙发,吃薯片,看电影。

小艾还是不喜欢那些公司高层高高在上的优越感,可是从印度回来后,她不再抱怨,我不敢说她懂得了什么人生的真谛、生命的真理,只是大概她突然也找到了自己的信仰。

她窝在沙发上给我看她手机里的照片,她说我们现在面对一切不如意,就像"圣牛踩踏"仪式,只要把它们当作生命中必经的过程,执着地去相信生命赠予的苦难,也许真的能变成福报也不一定。

我笑着敲完键盘上最后一个字。

信仰是不安之下建造的堡垒。可是它保护着我们。

足够坚强,再聊梦想

等你足够强大,等你长出穿越风暴的足够坚硬的翅膀,再谈梦想。

哥哥大学里学的是建筑,苦熬了四年,没日没夜地学习画图构造,眼睛下时时挂着两个硕大的黑眼圈。

好在哥哥的辛苦换来了一份薪酬和待遇都相当不错的工作。现在，成天全国各地甚至世界各处到处飞，忙工作的哥哥，无疑成了一个可以津津乐道的骄傲。

哥哥上一次成为人们的话题中心，是在他高中的时候。

那个不知天高地厚的小子。

年纪小小的我总是听见大人们这样定义他。那个时候的哥哥黑黑瘦瘦的，刚刚考上高中，成绩勉强，人也是懒洋洋的。我听见哥哥躲在房间里弹吉他，唱远方的海和远方的姑娘。

他从朋友那儿借来一本书，谈梦想，谈旅行，谈灵魂的救赎和尘世的丑恶。

一本没有缘由就开始批判人生的所谓情感书籍勾走了年轻的哥哥稚嫩的灵魂。

于是，哥哥就经常梦想着自己也像书中主人公那样，追寻"在路上"的感觉，进行一次长途的旅行，至于旅行的目的地，哥哥说并不重要。

哥哥那时老是躲在房间里捣鼓他的破书包，我去拽，他却告诉我，那是他的梦想，他要在旅行中变成一个真正的男人。

我听不懂，我想哥哥其实大概也不懂。

如果不是哥哥在某个暑假早晨突然不见了，我可能一辈子都不会再记起这件事情。

首先发现蛛丝马迹的是爸爸。爸爸总是会起得很早，然后去开院门，然后是打扫院子，准备一天的劳作，然后才是妈妈、哥哥，以及我。

那天，当早起的父亲掏出钥匙准备开锁的时候，却发现院门的锁是开着的，院门也是虚掩着的，便急急地跑回屋里，去叫还没起来的妈妈，然后再去哥哥房间的时候，却发现哥哥早已起床了，至于他是什么时候起床的，却没有人察觉。

哥哥的书桌上放着一封短短的字条，他抄那本书上的话：好男儿志在四方，外面的世界很精彩。

可是爸妈的心急如焚并没有持续多久，因为哥哥第二天就灰头土脸地回来了。

等了一夜，当父亲再次打开院门的时候，却发现哥哥正在大门外的门垛下蹲坐着，浑身上下沾满了草棍儿和露水。

气愤的爸爸一把拉起哥哥的胳膊，把他拽到了院子里，抄起自己的鞋板，雨点般地落在哥哥的身上。哥哥早已禁得住爸爸棍棒的敲打，但此时已经饿了一天一夜，身上一点力气都没有，自然也扛不住爸爸的敲打了。

爸爸停住了扬在半空中的鞋板，把哥哥抱到屋里的土炕上，又催着妈妈赶紧煮饭。刚从睡梦中醒过来的我有些茫然，看看爸爸，再看看哥哥。

吃饭的时候，哥哥没有了往常饭桌上的欢快，只是一个劲儿地往嘴里扒饭。看得出，他是饿坏了。一边扒饭，他一边还用眼扫视着桌边的爸爸、妈妈，看到了妈妈充满爱怜的眼神，看到了爸爸充满怒气的面容和熬红了的眼睛。

没有人问哥哥经历过什么,他不懂路线,没有和陌生人打交道的经验,身上也没有早早备好的钱,不懂做饭不懂御寒,他分辨不清好人坏人,没有任何养活自己的能力。

别说远方,可能他连镇门口都未曾抵达。

那段时间,哥哥成了典型的反面教材,天真的少年,不知道天有多高地有多厚。

没有飞翔的能力就不要像雄鹰那样跳下山崖,否则,一不小心就是粉身碎骨。

哥哥把那本书藏在了床底下,再不提要去远方。曾经和他一样想要追梦的少年们嘲笑他,因为他变成了循规蹈矩的那种人,安静地生活学习,熬很久的夜,不再读生涩难懂的诗,读不懂,又何苦伪装。他不再反反复复地和我说梦想,可是他悄无声息地成长为一个灵魂和肉体都可以顶天立地的男人。

现在的哥哥再一次成了人们议论的主角,可他这一次不再是那个不知天高地厚的莽撞的少年,他长好了一双翅膀,可以依靠自己去丈量天有多高地有多厚。

飞翔是世界上最美好的事情,但是请记得,等你足够强大,等你长出穿越风暴的足够坚硬的翅膀,再谈梦想。

第四章 在最温暖的地方等着未来

【从不曾有万劫不复的战场,你只需披荆斩棘地奔赴,最终完成一场兵临城下的辉煌。】

为了什么值得的东西

亲爱的,要知道,一个不曾拼尽全力的人,永远没有资格说运气不好。

曾经有人跟我说,女人在生活中要找到自己的坚持。

我以前觉得这话说得未免太过"心灵鸡汤",直到我看完《沙漠之花》。

我记得自己四五岁的年纪,正是窝在父母怀里撒娇任性的时光,而主人公华莉丝·迪里却被施以割礼(非洲部分国家的一种禁欲陋习)。还好,她活了下来,可是活下来以后呢?

十多岁的年纪正是少女含苞待放之时,华莉丝的父亲竟然为了几只骆驼,将她嫁给了一个年迈的老头当第四位夫人,任她遭受老头的肆意蹂躏。

准确来说,这个女孩的人生是从逃走之后才开始的。

外婆在华莉丝离开之前告诉她,"受了这些苦,一定是为了什么值得的东西"。

这句话,成为支撑华莉丝一直走下去的全部信念,她只身穿过魔鬼沙漠,差点成了狮子的口中食,最后终于在重重的磨难和阻碍后来到了伦敦。她在索马里驻英国大使馆里,靠做佣人得来的微薄收入,打理着自己的生活。

她很知足，这是一个新开始。

人有了希望就有了坚持下去的勇气。

国内战争结束后，华莉丝一度只能靠捡垃圾度日，靠给餐厅当清洁工生活……但即便这样，她也没有放弃希望，"Today is Your Lucky Day"成了她的口头禅，也成了她的信仰。她在所有难挨的时光里反复默念，这像是神的庇佑，来打破那无尽的诅咒。

幸运之神果然眷顾了华莉丝·迪里。

在餐厅打工时，她被一个当时非常有名的摄影师相中，并受邀成为他的模特。她终于站在高处，成了世界名模，还收获了自己的爱情，并成了一名坚定的"反割礼"斗士。

当然，这仅仅是电影而已。

现在太多的女孩太过脆弱，她们为一个伤害自己的男人伤心哭泣寻死觅活，父母、工作可以通通不顾；她们身上穿着整洁合身的衣服，却成天抱怨自己的父亲不能用钱权给自己铺一条康庄大道。

她们习惯性地将悲伤和不公平无限放大。

将过错归结于命运的人，注定只能继续灰扑扑地度过余生，变成一个粗糙的怨妇。

我大学时的室友秋，她普通到连当灰姑娘的想法也没有。

长相普通，甚至还穿着打补丁的衣服，她大学四年全是馒头就咸菜，却从来不自卑，待人处事让人如沐春风。在毕业前夕，我们忙着打电话苛责父亲没有好好利用人脉给自己谋一份好工作时，秋却一边忙着毕业答辩一边还要赶着为摔断腿的父亲筹谋医药费。

在我们埋怨自己的人生不够幸运时，有些人却连抱怨人生的资格都没有。

可是多年后的同学聚会上，曾经灰扑扑的秋变成最耀眼的那一个。

她在这个城市安了家，自己贷款买了房，把老家的父母接了过来，弟弟妹妹也在她的帮助下顺利地谋得了出路。同学聚会上的她比以前好看了许多，穿衣打扮都有了自己的品位，言语间还是不卑不亢的从容。

听说她挽着的男人是即将结婚的未婚夫时，在场许多女同学都发出意味不明的感叹声，那是每个女孩都曾幻想过的理想情人。现在的秋，变成真正的人生赢家。

我听见有人窃窃私语，她们大多是眉目不再好看的妇人，也许曾经也是优秀美丽的少女，但如今大多苍老发福，衣服上甚至还有调皮的孩子留下的油渍，浑身散发的都是酸味和怨气。

我看见远处言笑晏晏的秋，突然觉得岁月是如此的公平。

那些把自己捧上高高的神坛却不得不在现实生活中艰难度日的女人，大多得了公主病，却没有公主的命。

而秋呢？

她从未认为自己应该是什么样子，命运给她的，她接受；未知的未来，她争取。

只有承受比别人多几百倍的痛苦，才能被打磨成最光华璀璨的珍珠。

"受的这些苦，一定是为了什么值得的东西。"

而那些不愿受苦，一味将现状归结于命运的不公平的人，只能和老公持续着无休止的争吵，然后继续看着别人的幸福，自怨自艾。

人们常常感慨自己命运的苦痛和运气的不佳。让人觉得可笑的是，这些人中的大部分都是不曾追求、不曾努力、不曾经历、不曾起伏过的人，在鸡毛蒜皮的小事中哀怨着命运的不公和人生的悲剧。但是，亲爱的，要知道，一个不曾拼尽全力的人，永远没有资格说运气不好。

即使累了，也只能休息在风里

为了一种理想的生活状态，不到万不得已绝不停下脚步。

据说，世界上有一种鸟，生下来就没有脚，一生都在努力地飞行，即使累了也只能休息在风里，而不是像其他的鸟一样，可以找个舒适的地方停靠，因为它一生只能有一次下到地上来，那就是死亡的时候。

他说，他就是那只鸟，所以他必须一直往前飞，不能停下。

他是我一个很久都没有见到过的朋友，只是偶尔从他上传的网络状态中，可以找到他的踪迹。

他的踪迹总是不定，像是信步而行的野马，又像是振翅游走的飞禽，永远都在漂泊的状态中。他说，他喜欢那种状态，一路追寻着夕阳的足迹，一直向西，行走。

他喜欢夕阳下的美景，所以这么多年来，他一直处在行走状态中，不断地追寻着不同地方的夕阳美景，不停地用双脚丈量着脚下的路，用自己手中的相机记录着夕阳的美丽。

他的镜头下出现过很多风景，有满目白色的雪，有面容模糊的人，有简单的饭馆，有精致的手工艺品。

很多人好奇他为何会将镜头对准这些东西，而且很多手工艺品上甚至还有中国的文化符号。他的回答让我们很诧异，但也很敬佩——原来，在这些有趣的馆子里，曾有过他劳动时洒下的汗水，而那些明显带着中国文化符号的手工艺品，则是他在空闲时间里创造的产品，卖出去，可以增加自己的收入。

他就是这样靠着一路的行走、打工，追寻着自己心中的梦想。后来，他上传了一大段视频，视频中的他乐观、开朗，皮肤明显地黑了，难掩沧桑。

再见到他的时候，就是在国内一个小规模的全国巡回展览上了。在休息室里，我们围着一个小小的圆桌，我的面前是用纸杯盛着的纯净水，在他的面前则是一个跟随着他走遍所有地方的搪瓷缸，旁边竖立着一只保温壶。

这是他的重要装备。

看着搪瓷缸内壁上挂着的厚厚的垢，我很容易想象出，在这么多独自漂泊的岁月里，他是怎样用这只搪瓷缸充当着茶具、餐具，甚至是遇到下雨天时充当接水的应急容器的。这一点也是他在闲聊中提起的，他的帐篷用得久了，有的时候会漏雨。

在我出神的注视中，他平静地端起搪瓷缸，吹去漂在水面上的几片茶叶，缓缓地呷了一口茶。在国内的时候，他很喜欢喝茶，他说，喝茶能让他体会到回到故土的感觉。

每天早晨，他都会在起床之后，捏一撮儿茶叶，放在搪瓷缸里，冲水，然后做其他的事情。就在这个过程中，茶叶在水中伸展、翻滚，在水面上吸足了水分后慢慢地沉入水底，释放出浓浓的茶色。

这个时候，他已经能够坐下来，等着大部分茶叶都沉入水底之后，缓缓地品茶了。他端起搪瓷缸，推推架在鼻梁上的眼镜，再顺手抚一下鬓边的头发，把搪瓷缸放在唇边，"咕噜"呷一口茶水，让它在口齿、舌膛间打个转儿，让涩涩的味道占满整个口腔，最后才慢慢地吞咽下去，润湿久久没有浸淫茶香的食道、胃肠，直至通透了心、肝、脾、肺、肾等五脏六腑。

每当这个时候，他总是表现出一副很享受的样子。

这一次见面，即便是我坐在他的面前，他也没有表现出丝毫的改变，依然是呷一口茶，慢慢地在口腔里打一个转儿，滋润自己的唇齿舌喉，然后慢慢地下咽，直至滋润了自己的五脏六腑。然后，慢慢地以同样的过程喝进第二口。

他是个话不多的人，而且很能耐得住寂寞。也正因为这个，我们——他的朋友们——从来不担心他的精神上会出现什么问题。当我们聊到这个问题时，他哑然失笑，轻轻地说了句："怎么会！"

我明白，在他的心中，一直都存在着一个难以安抚的东西。正是这个难以安抚的东西，让他一直处在旅途中，以自己的行走极力让它得到满足。在我们看来，这种东西完全可以被冠以"奢望"的字眼，而在他看来，它则是彻彻底底的"梦想"。

聊来聊去，我们就聊到了他的这次旅行，以及下次可能的方向。他轻轻地摇摇头，没有说话，只代以浅浅的微笑，他从来都是这样，并不会明确说出自己的计划，并不是他的城府有多深，其实他也不知道自己的想法。甚至头一天还在跟我们一起嘻嘻哈哈地聚会，第二天就已经踏上新的旅行。

我们都已经习惯从公司到家的"两点一线"的状态，至多会在假期来临的时候，安排一次短途的旅行，其余的闲暇时间，全部浪费在看起来毫无价值的事情上，甚至还美其名曰"夜生活"。这个大城市生活的精彩部分，我们都早已习以为常的生活内容，却在他的面前，显得扁平、苍白而又黯然失色。

我问他，你会感觉累吗？

他说，当然会感觉到累，有的时候真想立刻结束行程，回家，但当回到家乡之后，过不了多长时间，就又会非常怀念那种"在路上"的感觉，恨不得马上远走他乡。

我问他，你会选在什么时候结束这种漂泊的状态呢？

他先是轻轻地摇了摇头，才轻声地说，我就是那只没有脚的鸟，我停下来的时候，也就是我再也走不动的时候。然后，我会找个安静的地方，用笔继续这种旅行，记录下我这么多年积淀下来的东西。

我不禁哑然，哑然之余又不禁有些汗颜。这么多伙伴中，他是唯一一个能依从于自己的内心，能够在想法出来之后就立刻去实现的人。

有些人的灵魂只有在行走中复苏，他们在众人或艳羡或质疑的目光中反反复复地确定方向，找到位置，然后迈开步伐。

有人质疑旅行不过是为了在朋友圈里秀优越感，更高端地装罢了。

我想他们大概从没有过那样的感触：为了一种理想的生活状态，不到万不得已绝不停下脚步。

我想他们应该不会了解这样的感受，因为他们一半的时间用来挣扎在庸常的生活中，而另一半的时间则用来质疑一种自己永远无法实现的生活状态。

他还会往前走的，像那只不会休息的鸟一样。

有种感觉，值得一生那么悠长

老是说飞蛾扑火傻得可以的旁观者，一辈子都没有机会体验拥抱火和热的绚烂。

一个月前，分别了多年的大学同宿舍的几个姐妹，终于又聚到了一起。

姐妹们大多已经成家，聚会时都带上了自己的另一半，自成一派，各自其乐融融。

男人们聚会是少不了酒的，尽管彼此间并不是很熟络，但几杯酒下肚后，这种陌生感就立马消失了，关系亲近得像是失散多年的战友。

只有她，安安静静地坐在一个角落里，一边品着茗，一边倾听着我们之间的谈话，恍若她不曾是我们宿舍姐妹中的"老八"。

忽然间，大家都住了嘴，一起转头看着她。被七双眼睛注视的她，显得并不惊惶，完全没有了当年小女孩的样子，只淡然地抿嘴笑笑，露出几颗光洁的皓齿。

大家不由得问：还在单身吗？

她并不觉得唐突，只是笑了笑，算作回答。

这个习惯，她一直保留着，并不多言，不是到非说不可的地步，绝不轻言半句。一副随和的外表之下，其实隐藏着一颗柔弱而又执着的心。

大家继续着对她的关切："还是在等他吗？"

她继续点头作答，伴随着点头，她还发出一声轻轻的"嗯"。

干吗要这么执着呢？这么多年了，别为了他苦了自己。我半是埋怨半是心疼地说。

她的脸上、身上，依然保持着原有的从容、优雅，对我的说法既无肯定也无否定，只是静静地听着，似乎我们关切的事情不是发生在她身上一样。

看着她无动于衷的样子，我不禁说道："你这样执念他一个人，值吗？你这个样子，最后输掉的，还是你自己。"

她依然是一副淡然的样子，开口说道："找不到比他好的，我何必为世俗去将就？"

我们顿时怔住了。谁也没有想到，这么多年了，她竟然还是这样的性子。

我们见惯了痴女的样子，也听惯了痴女的故事，但没有一个像她这样的，安安静静，不躁不骄，像一株含苞待放的花朵，只等那最爱她的人一吻，瞬时开放。

她与他在高中相识。她清楚地记得，那天正是个开学的日子。

他们的高中就在县城，卧在群山的环抱里，吸引着周边小山村里怀着懵懂而斑斓梦想的学子们，其中就包括同样来自偏远小山村的她和他。

她来的时候，他已经在这所学校里度过两年时间。

那天，当她提着大包小包的行李走进校门的时候，正巧他也从校外回来，看到如此一个柔弱的女生带着沉重的行李独自行走，就好心地伸出援助之手，没想到却因此种下了一颗种子，在她的心里生根、发芽，没有限制地生长起来。

时间总是很快过去。当她已经习惯高中的学习和生活时，他已经高中毕业，考入了东部城市的一所大学。他们之间的关系，也在这一年中有所改变，但离恋人的感觉还是好远。

高一学期结束后，她迎来了自己的第一个高中暑假，但她过得并不开心。

每当有邮递员经过的时候，她总是会站在窗前守望一会儿，希望邮递员能从绿色的邮包里取出信，然后高叫她的名字。

整整一个暑假过去了，她所期望的事情到底还是没有发生过。

高二一开学，她就兴冲冲地跑到学校传达室，看到一沓写着她名字的信件躺在办公桌的角落里。这让她瞬间感到万分欣喜。原来，他答应给她写信，却忘记要她家的地址，只得把信全部寄到了他们的学校。

拆开信,她看到他粗犷的字体洋洋洒洒地行走在信纸上,洋溢着他对于那个东部城市的最初的感觉,也在她的心中点燃了一个梦想——一定要考到他读大学的城市去。

功夫不负有心人,她终于考上了这座东部城市的一所学校。虽然她在这两年的信件中,得知他找了一个大学同学做女朋友,但她不在意,并且坚持认为,自己才是那个与他挽手走红毯的幸福女人。

但是,现实总是残酷的。

受到残酷现实打击的老八,就在我们姐妹几个面前,变得时而自虐、时而欢愉,但唯一不变的,便是时常挂在嘴边的他的名字,以及絮絮不休的他的故事。

都说时间是一剂治疗情伤的良药,但对于老八丝毫没有效果,她依然坚持着自己的坚持,并且变得更加执着,更加执念,即便是得知他结婚、离婚、再结婚,然后生子。

老八说,她知道,他过得并不幸福。

为了心中并不完美的他,老八独身一人,拒绝任何异性走进内心,生怕她的心里没有了他的位置,让他再难找到回头的路。

张小娴曾说,暗恋有时候或许只是一种幻想,当你得到了,幻想也破灭了。得不到的话,这种感觉也许会有一生那么悠长。

我惊叹老八的勇气，不是所有的人都可以忠贞于感情，撞到南墙也不回头。

我们总爱嘲笑痴男怨女们痴呆傻气，却又暗地里羡慕那一片赤诚之心。

老是说飞蛾扑火傻得可以的旁观者，一辈子都没有机会体验拥抱火和热的绚烂。

清淡的季节里等不到花香

看起来清新可人的生活，却消磨掉了最本真的人烟气。

朋友圈里的她，存在的意义仿佛只是为了炫耀。

她像是穿了一袭长满虱子的华丽衣袍，明明浑身发痒，难受得紧，却还要摆出轻松满足光彩照人的样子。

照片的很大一部分比例，她是让给自己的老公的。她的老公我见过几面，是个斯斯文文的人，甚至有些文弱的模样，但是心灵手巧，能够做得非常细致、地道的菜式，而且非常乐意在厨房里忙活，做出许多让我们这些无论是大女人还是小女人都赞不绝口的佳肴来，即便是要在厨房里花费掉整个下午。

这样一个细腻的男子，宛如一件陶瓷，不得磕碰，能在他内里生长的，似乎只有无根的浮萍了。

不仅厨艺超赞,她老公还非常讲究生活的品位。他们的房子,就位于一处依山傍水的地方,青山绿水,又没有什么噪音,更别提什么**雾霾**天了。

倒是他似乎很喜欢下雾,所以对深秋以及整个冬天,都特别迷恋。

据说,如果不是因为家族产业在北方,他是绝对不想在北方多待一天的。尽管他可以把住所安在青山绿水之间,但只有下雾的时候,才能让他感觉到这个地方叫作"家"。

他是一家上市公司的董事长,但平时很少去公司。他说,负责打理公司的这些人,都是和父亲一起创立和经营这家公司的好兄弟,所以把公司交给他们,他很放心。并且,与这些叔叔见面的时候,虽然他顶着董事长的头衔,却依然像个没成年的孩子,不得不忍受某些叔叔的"怪脾气"。幸好有了远程办公系统可用,足不出户地完成对公司的掌控和部署,省心省事。

有了这么一个优雅低调的"富二代"提供经济来源,这个朋友自然没有了为生活奔波、忙碌的苦恼,一心做她的全职太太,随老公出入星级饭店、私人会所,尝遍几乎所有的美食,无忧无虑地过日子。

看起来清新可人的生活,却消磨掉了最本真的人烟气。

虽然做起了全职太太,也与曾经从事的职业完全疏远,但她并没有把我们这些曾经的朋友也一起疏远掉。她时不时地还会邀请各位朋友到家里做客,但多数时候,朋友们都以各种借口推脱掉了。毕竟,昔日的关系无法抵挡金钱的腐蚀,即便是旧时的好姐妹又怎样。

后来,她似乎学乖了,不到非常重要的时刻,不会再邀请朋友去家里,而是选择一般档次但环境优雅的饭馆、茶肆,形式也发生了很大的变化,通常一次聚会只邀请两三位朋友,甚至只是一个人。

这种单独受邀的情况,后来慢慢成了我独享的待遇,因为在我到来的时候,一般都是需要给她排忧解难的。

所以,我经常充当她忠实的听众,听她说那些发生在她身边的家长里短。她说话的时候嗲嗲的,像是没有睡醒的女婴:"你知道吗?我现在感觉到好空虚啊!两个人守着那么一大所房子,周围也是一个人都没有,连个开心解闷儿的地方也找不到……"

"还有啊,别看我吃东西的时候心满意足的样子,其实吃来吃去也会吃厌的。再说,他成天地沉浸在厨房里,琢磨他从别处学到的新菜式,都难得跟我说句话,只有在他需要的时候才会注意到我……"

虽然言辞里满是抱怨的口吻,可是脸上却明明白白地写着得意。

我问她:"那你为什么不出来工作呢?"

她依旧是那副嗲嗲的口气和样子:"我哪有擅长的东西?

我的情况你又不是不知道，我是学舞蹈的，本来毕业后会在剧团里有很好发展的，但因为跟他拍拖，然后就是结婚，你看我现在的样子，还能跳得起来吗？而且，他也不喜欢我出来做事，说怕我辛苦，还说要供养我一辈子呢！"

"那你为什么还感觉不满意呢？"我耐着心，又问下去。

"还好的啦！只是觉得总是这个样子下去，我整个人会疯掉的！你们后来到我家去的时候，我都不敢让你们看我的衣帽间，里边堆满了衣服啊，鞋子啊，各种配饰什么的。可是，我买得越多，就越感觉心里空虚，越是感觉空虚就越要买，现在都快装不下了，甚至有的我只在试穿的时候碰过一次，以后就再也没穿过。"

她的眉目在炫耀中磨得失了颜色，我觉得有些好笑。

她希望做别人眼中最幸福的人，殊不知，早已经变成了最可怜的人。

她把别人的目光当作幸福感的来源，这样的渴望却恰恰来自婚姻和生活的不幸福。

我开始有些同情她，因为除了炫耀，她的生活一片灰暗。

不过说来说去，我能感觉到的，就是她生活的空虚，所以她才约我出来，让我帮她出出主意。

我说："那你干脆开个网店吧，反正你也不缺钱，你就把你那些衣服啊，鞋子啊，配饰什么的，统统打折卖出去啊！"

其实也不用想，这个主意肯定也会被她否决的。果不其然,她嗲嗲地说道:"我老公他肯定是反对我这样做的,他说不希望我再为生活工作一天!"

但我依旧不放弃,接着说道:"你的网店只是用来卖你衣帽间的东西啊!卖完了,你想开就接着开,不想开了就关掉好了!这又有什么可为难的呢?"

"哎呀!这个办法肯定不行,你再帮我想想别的办法!"

面对这样一个一心扑在别人身上,妄求每一口都吸出血来的"跳蚤"朋友,我又能有什么好办法呢?

外国曾有人做过一个试验:把一只跳蚤装进一只玻璃瓶中,然后盖上一块透明玻璃片。结果,跳蚤第一次就重重地撞在了玻璃片上,此后仍是一次次地撞在玻璃片上。第二天,当研究人员把玻璃片撤去后,跳蚤再也跳不出玻璃瓶了。

当我再次想到我的这个朋友的时候,不禁哑然失笑,如此自我设限的人生,又怎么能活得精彩呢?

木鱼和金鱼

在越靠近神灵的地方,越能看到人们真正的内心,越能参悟世间的人生百态。

世人一贯是敬畏神灵的,总是在担心自己的利益可能遭受损失或者不够丰富的时候,让神灵知道自己的心愿,让神灵充当自己的心灵寄托，平复由此而产生的焦虑，也让渺茫的未来依然有所希冀。

所以，闲暇的时候，我总是很喜欢去有寺庙的地方游玩，一来是打发烦闷的时间，二来是洁净久居尘世的心灵。而说得更私心一点，就是在越靠近神灵的地方，越能看到人们真正的内心，越能参悟世间的人生百态。

相信并不是我一个人找到了寺庙的这般好处，也并不是只有我一个人怀揣着如此不纯洁的想法参拜神灵。神灵已经成为我们生活的一部分，甚至对于有些人来说，是很重要的一部分。

参拜，在古代是一种非常神圣的事情。为了祈求神灵赐福免灾，人们通常需要携带贵重的贡品前往寺庙尼庵，跪拜在神佛的面前，虔诚地许下自己的愿望，待到愿望达成的时候，还要准备更丰盛的贡品去寺庙尼庵还愿。如此，一个完整的过程才算完成。

而我通常都只完成其中的一个步骤，与当下多数人的参拜一样——只是许愿，并不还愿，至于结果如何，只求神灵能够眷顾苍生、普撒恩泽了。

寺庙尼庵中的建筑，已成为承载古代建筑精华的主要载体，足够让我等世俗之人管中窥豹了。一个飞檐、一处回廊，再伴着一两声晨钟暮鼓，就能让人"偷得浮生半日闲"了。

古人就是这样有智慧。在尘世中开辟一块地盘，建起不同俗世的建筑，再依靠一群过着不同俗众生活的僧道维护，就能营造出一个出世的氛围，让人们很容易就能脱离尘世的烦扰，逍遥快活片刻。

但俗世之人终究是要回到俗世的，所以也就必须把神灵带回俗世生活。于是，寺庙尼庵周围便出现一批附属场所，专门售卖与佛道文化有关的物什。善男信女们把这些物什带回家，终日焚香祷告，祈求神灵的保佑。

凡事都有例外。

我在游玩的途中就碰到了一个叫老冬的朋友，是生活在老城根一带的"土著"，自恃祖上留给他的"老土"身份，优雅地过着自认为"老土"应该过的生活，遛鸟、养虫，还时不时地往城隍庙里走一遭，在神案前上一炷香，并不跪拜，只祈求神灵早日赐福，让自己也体验一把"贵族"的生活。

在他看来，他的生活中已经不缺少"贵族"生活的内容，只是缺少支撑这种生活的资财。这一点就在我们的谈话中，经常性地流露出来。按老冬的话就是：人不为财，天诛地灭。

老冬还自诩是个老资格的"彩民"，经常在彩票售卖机前转悠，研究中奖号码的走势，但最终选择的多是一些"臭码"。这是老冬的说法，他一直深信自己的手气，只是号码不对，导致自己总是与头等奖失之交臂。

每当彩票开奖的时候，他就一手捏着彩票，一手叉着腰，身体半弓着，目不转睛地盯着电视屏幕，等待开奖结果。几年下来，大多赔多赢少，所得的奖金也不过几千块钱。但即便这样，也能让老冬乐呵到下次开奖之前。

老冬有的时候也会从城隍庙带回几件"神器"。比如说一串佛珠、一尊木质神像、几个香炉碗儿，或者一个木鱼。有的时候来了兴致，老冬还真的会站在神案前，拈上三炷香，抽出木槌敲几下木鱼，在"梆""梆""梆"的木鱼声中祈愿财运的降临。

后来，他又听说鱼能养财，就从花鸟鱼虫市场运回一个大号的瓷鱼缸，摆在庭院里，把几十条金鱼养在里边，天天趴在水边看，有时还哼出一小段地方剧种名段。

对于老冬来说，这就是他生活的全部。

有的时候真为他这样不值，老冬却仍是一副"老土"的做派，虽然有点儿小财迷，但已经透露出人生的豁达。

按老冬的说法，财多财少其实无碍于他现在的生活，他只是混一回大众，"大隐隐于市"嘛！

有时候，人生也不过如此。

人生并没有固定的范式要走，安贫乐道，有时也不失为一种可取的人生态度。

谁又嘲笑了谁的狂妄

梦想是奢侈品,无市也无价。

是不是在某个时刻,你也会突然想起自己的童年,想起曾经许下的愿望?

时间总是在不经意间就过去了好久。转眼间,儿子也在幼儿园里识得了简单的汉字。看着他无忧无虑的样子,我和老公不禁感慨岁月的无情,让我们还能抓着青春尾巴的人,抓紧时间蹦跶,又不禁对儿子生出几分妒忌来。

梦想是奢侈品,无市也无价。

我已经不太记得我小时候拥有过哪些美丽的梦想。不单单是因为它们已经相隔有些久远,更是因为这些年经历过的事情,让曾经稚嫩的梦想,一直接受现实的磨砺,不断变化着。

依稀记得的,有躺在祖母的腿上,望着浩瀚的夏日星空,梦想有一天能翱翔太空。

也有时因为羡慕管理学校门锁钥匙的同学,梦想有一天也能拥有一把亮晶晶的钥匙。

也有时因为喜欢被老师叫到名字的那种喜悦,梦想着学习成绩能回回得"双百分"。

…………

等我终于有能力完成这些的时候,梦想却成了离我最远的星星。

我曾观看过一档电视节目,记得当时的主题是"小蛋糕大梦想",讲述一个"蛋糕哥"做大蛋糕的非凡梦想。

自然,节目是从"蛋糕哥"的经历谈起。但谈起他的梦想时,他语出惊人:"我现在做的蛋糕很小,但我相信有一天,我的蛋糕可以做到像肯德基、麦当劳那样的连锁。"

我乍听没有什么,但细想想,不由得从心底发笑:你想把这小小的蛋糕,做成肯德基、麦当劳那样的连锁,似乎是在痴人说梦吧?!

然而,似乎节目导演已经猜到观众的心理,插入了一句画外音——或许你会嘲笑他的狂妄……

导演是听到我的嘲笑了吗?

每个人都会有自己的梦想,有的平凡,有的伟大,有的虚无,但无论哪一类,我们都希望自己的理想能够得到别人的尊重和理解,当然能有鼓励和指导则更好,却从来没有希望受到别人的嘲笑。

可是,不希望受到别人嘲笑的我们,却在当"蛋糕哥"说出他的梦想的时候,下意识地嘲笑起他来,我们到底是怎么了?

我们一边渴求梦想的火花,一边在现实中嗤之以鼻。

人们常说,"无志之人常立志,有志之人立长志",那我应该算是哪一种呢？

我也曾因为一点蝇头小利的丧失而懊悔不已，然后便是一心要挽回，却最终不了了之；也曾在父母和周围人的刺激抑或激励下，设定长远的奋斗目标，却从未曾彻底地执行过。

我们总是拿一个个丁点儿的"成就"，来安慰自己日益麻木的神经，来满足自己日益疲惫的灵魂，就像歌曲《水手》中唱的那样——"总是拿着微不足道的成就来骗自己""总是靠一点酒精的麻醉才能够睡去"。

我们不敢将我们的胆量放在对未来的设想上，却在自己梦想的事情从别人的口中被郑重其事地说出来的时候，发出我们的嘲笑，或许人生之悲，便从中而来吧！

总有人希望把日子过得如行云流水般惬意，也希望理想能像春华秋实那样，到了秋季，就能结出沉甸甸的硕果。但是，每当我回首时，总会感觉些许遗憾，些许惆怅，或许就是为了曾经美好但没能实现的梦想。

寒蝉孤鸦，牙月枯枝，总能让人为现时的不圆满而伤心落泪。

也许人们总能放大自己的苦楚，而弱化了自己的幸福。

出海八十四天都一无所获的老渔夫圣地亚哥，在第八十五天出海时，心中想到的都是曾经的美好时光。虽然已近风烛残年，但永远跳动着永不屈服的心，即便没有助手、食物、武器，也依然要摇橹出海，追寻梦的方向。

永不屈服地去战斗，是我从《老人与海》中得到的最大的启示和收获，成为我大学时代不断前进的精神动力。我总想像老渔夫圣地亚哥那样去英勇地与现实战斗，但永远受伤。

慢慢的，理想也就在与现实的砥砺、碰撞中，变得面目全非，失去了本来的面目。在之后，我的生活也就变得像克里斯·加德纳那样，为了面包、住宿、公交车，以及自己的生存空间，而不断地处在奔波之中。

梦想太多反而变成负累。

那些口口声声强调梦想的人往往只是自我主义的囚徒。他们把梦想这个看似美好的名词背在身上，殊不知，背上的不过是一个外表光鲜的皮囊罢了。

真正想做一件事的人从来不说太多的话。

因为梦想是自己一个人的事，和别人没有干系。

也许，这就是我在童年时一直梦想过的，成年人的生活。

尽管在走向成年的过程中，我的理想一直在变，随着岁月的轮回而变，随着境遇的改变而变，但唯一不变的，唯有对未来的憧憬，以及对实现梦想的渴望。

奔赴一场或悲或喜的未知

我可以变成"不认识"的一个人,我可以成为另一个曾经无法想象的角色。

朋友A是个相貌才华俱佳的男孩,体贴稳重,手头上的事都能完成得干净漂亮。

却偏偏把爱情这门功课做得一塌糊涂。

如今,都已过而立之年,却依旧孑然一身。七大姑八大姨最喜欢操心这样的青年才俊的婚姻大事,可是总是无疾而终,甚至连他偶尔都会自我戏谑地说,自己似乎天生没有"女人缘儿"。

他找到我取经,我却无言以对。

爱情是可遇不可求的香蕉皮,在哪里绊倒你都有可能。

其实,我又何尝不是在追求爱情的道路上跌过跤、摔过跟头呢?虽然是过来人,但是要让我讲"女人到底是个怎样的物种",我也没有一个现成的答案。就像有的女人也会问"男人到底是个怎样的物种",很多男人也无法作答一样。

再到后来,听说这位朋友彻底改变了自己的行当,然后断了跟几乎所有人的联系,消失了。

朋友B平时都是一副柔柔弱弱的样子，说话也非常轻柔，甚至我约她出来聊天之前，必须精心挑选环境优雅、没有过多杂音干扰的地方，还要认真倾听，才能听清她说出来的每一个字。

就是这样的一个柔弱女子，任凭谁都难以不怜香惜玉，甚至连我这个同样渴望被保护的女人，都忍不住要上前保护她。

朋友C是大学里的一个同学，住得相隔不远，彼此之间常有走动，所以对她的事情也略知一二。

她胆小是出了名的，不仅怕像蟑螂一样的小爬虫，甚至别人恶作剧的一声尖叫，也会让她半天都缓不过神来，再见她时仍是一副心有余悸的模样。

她还有晕血的毛病。记得在一次学校组织的献血活动中，随着殷红的鲜血从她的身体里流出，她的脸色竟然变得像纸一样白，身体也筛糠般地抖动着，医生不得不立刻终止献血。

这件事在同学们中间流传了很久。

后来，我们竟然成了无话不谈的朋友。

所有这些，都是当事人生命中的一个场面，而当再将他们与所从事的职业关联起来的时候，就可能会觉得，上天一定跟我们开了一个大大的玩笑。

被爱情苦苦困扰的朋友A再次出现时，已经是一对龙凤胎的父亲。

他说，命运真的是很玄妙，如果你不再相信什么配对，也不再对爱情生活存在什么奢望，你就会迎来幸运女神的眷顾，转角遇到爱。

气质柔弱、吐气如兰的朋友B后来参军入伍，被选拔进武警部队，日夜在岗值班，用自己的铁骨柔肠保护一方安宁。

胆小而又晕血的朋友C，后来竟然成了一名天天与器械、鲜血打交道的外科医生，在生死伤口面前镇定自若。

人生的际遇哪是一两句就可以窥测的呢？

对于三十岁以后的人来说，十年八年不过是指缝间的事，而对于年轻人而言，三年五年就可以是一生一世。其实，人生不也是这样——你永远不知道三五年后的自己会变成什么样。

遗忘，有时候真是个好东西，就像是一条轨道，忽然偏离了自以为是的预定方向，我们好像会走向一条不知终点的道路。就好像张爱玲说的，从前的一切回不到过去，就这样慢慢延伸，一点一点地错开来，也许错开了的东西，我们真的应该遗忘了。

忽然发现，我可以不是"我"的样子，我可以变成"不认识"的一个人，我可以成为另一个曾经无法想象的角色。奇妙的人生，不是么？！但是，也正是因为这种X型的人生，这种"我不认识我了"的人生，世界才那么丰富、有趣、美妙，让人痛苦，让人不知所措，却又让人欲罢不能。那些能改变我们自身的，或许才是最重要的。

涧户寂无人，纷纷开且落

我喜欢这样的自己，不因任何人的观看而确定自己的意义。

王维的《辛夷坞》是我成年以后最喜欢的诗。

"木末芙蓉花，山中发红萼。涧户寂无人，纷纷开且落。"作家朱天文将其定义为一个女人最好的状态。

一朵只为自己绽放的花，却开出最美丽的样子。

年纪更轻的时光里，懵懂稚嫩的女孩子在男孩子的目光里亭亭玉立地长开来。那个时候每日出门上学前都要对着镜子仔细打量，刻意往上卷起一点点裙摆，寒冬的天气把两条腿孤零零地冻在风中。

那时满心的欢喜全部来自于男孩子毫不避讳的注视，并引以为傲。我们就像池塘里长出来的新荷，好不容易盼来难得的初夏，使尽浑身解数只望游人驻足观赏。

美则美矣，却显不出生气。

教语文的许老师是整个重点高中的传奇。在对所有老师怨声载道的轻狂岁月里，所有人提起她，却是由内而外的钦佩和仰慕，掺不进半点假。

许老师学历高，却不像大多数语文老师那样只会写写文章，甚至作诗。她在课堂上教年轻的女孩子穿好看的裙子，甚至帮女生整理好刻意卷起的裙摆，意味深长地向我们保证纤细的脚踝看起来比裸露的大腿要楚楚动人得多。

所有的老师在应试的压力下教我们背条条框框的作文模板，她却离经叛道，教我们写高考作文限制的诗歌体裁，带我们偷偷地溜到市郊的湖泊边上，她说世界是个梦，不要试图去读懂它，去拥抱它。

她唱歌，宋词改成的流行歌曲，珠帘清梦，唱起来像是从古穿越至今的绮丽美梦。

课间休息时，老师大多聚集在一起聊八卦，或者讨论学术上琐碎的问题。唯独她，穿着素色的长裙子，在走廊上恍如无人似的翩跹起舞，未经染烫的长发旋转起来，一向喧闹的走廊竟是齐齐地沉默下来。

她活得肆意，三十几岁的女人和自己年幼的宝宝把白乎乎的棉花糖捏成好看的形状。

年轻的我们就像水果，水分充沛，可是我觉得没有一个年轻的女孩抿起嘴来低低地笑能比她露出的八颗牙更美。

灵魂的自由是肉体最好的保养品。

许老师就像那个赤脚走进撒哈拉的三毛，如浮萍般在世间纵情，却像棵硕果累累的树，安静地在土壤里扎根。

她在课堂上一遍一遍教我们读王维的《辛夷坞》，教我们念"涧户寂无人,纷纷开且落"。她教这些迫不及待展现自己新鲜的美丽的女孩子,存在的喜悦全部来自于对现实和生活的触感,而不是男人的评断。

我们班上的女孩子收起了花枝招展的饰品,轻轻浅浅的是一头黑色长发,我们开始懂得如何在自己的天地里开放,也不再为日后的凋落枯败担心害怕。

等我终于走向更大更宽广却也更复杂的世界时,也终于不再为得失而焦虑,我在我的世界里变成自己最喜欢的样子。

我喜欢这样的自己,不因任何人的观感而确定自己的意义。

这是一个在自己的人生中过得自在富足的美丽女人教给我的人生哲学。

我想即使许老师到了五六十岁的晚年,即使时间让皱纹爬满她的整个脸庞,

她一定也还是美的。

然后在鹅毛大雪里顶着一头花白的发,舞成翩跹的蝶,开成不败的花。

等待谁的风光，谁的彷徨

等待谁的风光，谁的彷徨，我们所失去的，其实是望而却步的代价。

小的时候，家里有几个很漂亮的瓷碗，但并不见妈妈拿出来用。于是，我便问妈妈，为什么总没有见过拿出那些碗来用，妈妈说要等到特别的日子，接待特别的客人的时候才行。

于是，从那之后，我就始终盼望着，盼望着特别的日子和特别的客人的到来，好让我也能用上那些漂亮的瓷碗。

只可惜，我始终都没能用上那些花纹漂亮的瓷碗，因为在那些特别的日子和特别的客人到来之前，在家里乱窜的野猫就把它们全部拂到地上，变成一地的碎片。

后来，我偶然间钻进外婆的衣橱，发现了许多件妈妈给买的漂亮的衣服，但是始终没有见到外婆穿过。我又问外婆为什么不穿那些衣服呢？外婆说，这些衣服太漂亮了，平日里没有穿的机会，只有在特殊的日子穿出来，才会显得郑重。

我曾从妈妈的口中听说一些对外婆年轻光景的描述，知道外婆年轻时也曾是远近闻名的美人，尽管岁月操劳让她平添了许多沧桑，但仍可隐约看出外婆端庄的姿态。于是，我又时时盼望着特殊日子的到来，好看看外婆穿那些漂亮衣服的样子。

遗憾的是，我最后也没能看到外婆穿那些衣服的美丽的样子。那些好看的衣服最后被带到了另一个世界，在我的眼前变成一团火焰。

闺密打来电话，说自己好像邂逅了前半生自己最喜欢的那个人。我催促她快去要个电话号码或者表明心意。闺密却说再等一等。也许再等一等她会遇到更好的人，也许再等一等，他也会发现她的好，然后来向她告白。

反正时间还长，闺密甚至替我宽心。

可我还是没有等到闺密挽着那个她心仪万分的Mr.Right出现在我的面前。男孩遇见了笑起来好看的女生，女生挽着他的手走到闺密面前说，你看起来很眼熟的样子。

男孩手上戴着好看的戒指，和闺密准备等他表白后送的那枚一模一样，只是可惜，已经有人先给他戴上了。

我们老想着等一等，再等一等，总以为好的就应该留到最后头。

可是我们没有时光机，为何要等到身材走形才穿上一身华服，等到皮肤松弛再抹上最鲜艳的口红？

当下便是最好的时光，把你想好的情诗写在纸上给最心爱的人寄过去，趁着你们还没有开始衰老，彼此尚且深爱。不要再去想日后分手了要如何如何。

请你穿上你觉得最好看的裙子，趁着是最年轻的皮肤，最动人的眉眼。不要再去想他是不是恰好从你的身边经过。

那个美味的鸡腿也请先吃掉，趁着肚子还有空间，趁着味觉敏锐。不要再试图在吃饱以后才去品味心仪的滋味。

等待花开的是智者，等待着所谓的耐心的，却被时光捉弄成愚人。

等待谁的风光，谁的彷徨，我们所失去的，其实是望而却步的代价。

该爱的人，该做的事，该停留的风景，该驻足的地方，去实现它们，当一切都是恰好的时候。

第五章　在简单粗暴的世界里柔软安宁

【待我把仓皇的灾难尽收眼底，谁又能用蜃景伤我面目全非。】

愿意沉重地走下去

痛苦是真,好在值得。

漂泊无依的生活,更能让人理解青春的滋味,或者绚丽,或者悲壮,有迷茫更有坚持。而北漂的生活,就是任何一个经历过了、走出去了的人,都不忍再提及的东西。

可是自己选择的未来,就算比黄连还要苦,除了吃下去也没有别的办法。

我有很多朋友正在经历这样的生活。他们为了理想而选择留下,为了留下而选择坚持,个中的酸甜苦辣,或许只有自己才能说得清,个中的孤苦无奈,或许只有自己才能深刻体会。

我和雪围着一壶清茶,两盏瓷盅,一边品茗,一边述说往事。

从最初的相识到现在,已悄然度过七八年时间。这个时间里,我嫁人做媳,生儿育女,恍惚间似乎有两年少了和她的联系,只知道在那两年里,她到北京过了回大城市人的瘾。

其中苦乐,如人饮水,冷暖都是自己的选择。

如今,时间又过去了三两年时间。

时光不仅仅给人以皱纹,随之而来的还有难得的从容。

雪在北京的那两年，就住在北五环外一个叫七里渠的村子。住宿条件非常简陋，又是孤身一人，住的是三层的自建楼房，只靠一把很容易就能撬开的锁，充当着安全的卫士。

雪的窗户外面是邻居的一堵墙。偏僻的位置，以及这堵墙的遮挡，让她根本无法在屋子里接收到手机信号，只在高高的窗台上才能接收到手机信号。之所以选择这里，就是看中了这里低廉的房租。

那个时候，雪用的也是几百块钱的最便宜的手机，除了看电子书、打开网页，其他什么都不能干。没有信号的时候，她就一个人坐在屋里看书、写日记，甚至有的时候写着写着，眼泪就不争气地流了下来，心里难受得像塞了团棉花。

有一段时间，有好心人给雪介绍了一个在海南搞房地产的朋友，是她的小学同学。她实在是受够了这种漂泊无依的生活，也期待过富太太的生活，早上起来坐在顶层喝喝茶，周末了就到海上开开游艇，打发打发时间，让自己不会再为吃穿发愁，也不会再为生计劳苦奔波。

其实我明白，雪并不是那种为了富足的生活就能出卖一切的人，她想要的只是稳定的生活。所以，为了接这个有钱的朋友的电话，每天晚上下班，她都会在经历一番挤地铁、倒公交后，立刻把手机放到窗台上，然后才下厨做饭。

虽然来回辛苦奔波，但雪说，那段时间过得还是比较充实的，因为这个有钱的朋友每天晚上都会不定时打电话过来，然后聊上一个多小时。

可是这个过程也很辛苦。因为窗台很高,身材矮小的雪每次都得踩在凳子上,趴着窗户接听他的电话,并且还要表现出兴致盎然的状态。

有一天晚上下雨,十二点钟的时候,轰隆隆的雷声把雪从睡梦中惊醒了。她一睁眼,就看到放在窗台上的手机突然亮了一秒,马上又灭掉了。没有来电、没有短信,就那么突然地亮了一秒,这让她感觉非常恐惧,便一直蜷缩在床的角落里,睁大了双眼,在黑暗中凝望着高高的窗台,望着不时闪出耀眼闪电的窗外。

凌晨三四点钟的时候,雷雨终于停息了。雪打开门,走到过道里,看见一轮明月安安静静地挂在天上,天空也干净极了,她忽然感觉到莫大的幸福,才沉稳地回到床上睡着了。

我不禁唏嘘。我也曾一个人独守过老家的空房,也曾经历过雷雨交加的夜晚,但从未体会过身在异乡的游子们的感受。然而,更让我感到难过的,居然是她的恋爱还没开始,就悲惨地凋零了。

雪与那个有钱的朋友聊了几个星期,终于到了要见面的时候。他从海南飞来,只有半天的时间和雪见面。当天下午,他人未到,短信、电话就集中登陆了北京,甚至都不管雪是不是在上班,是不是有时间听他的电话。

下了飞机,他直接打车到了丰台的叔叔家,到第二天才能来看雪。

说到这里,雪突然有点忍俊不禁,她说她记起了曹云金说过的那句"世界上最遥远的距离不是生与死,而是我在五环,你也在五环"。她说,他们当时的情况就是这样。

丰台与昌平,一个在西南五环,一个在北五环,地铁是最简便的方式了,并且出地铁倒公交就能到雪住的地方,结果却没想到,他叔叔居然直接开车送他过来了。

尴尬的开场,似乎也预示着尴尬的结局。偏巧,那天天降大雨,在电话里沟通了半天之后,叔侄俩还是没能找到雪住的地方。其实也是,七里渠本来就不好找,更别提雪住的那间民房了。于是,雪不得不出门迎接他们。

那段时间,正是雪情绪最低落的时候,雪便穿了件从地摊上花二十块钱买来的衣服,毫无修饰地扎了马尾,甚至匆忙间,连雨伞都忘了带。就这样站在雨中等了好长时间,才等到这对不识路的陌生人,看到了他们的车。

下个不停的大雨,本就冲掉了雪的好心情,迟到的叔侄又彻底折了雪吃饭的胃口。三个人就随便捡了个地方吃了顿便饭,然后再逛了逛天安门,然后就没有然后了。

在北京的那两年里,她经历了人生中的低谷,也有了经历低谷后的释然。于是,曾经灰头土脸的一个女学生,出落成现在的样子。当雪最终要离开这座城市的时候,她写道:

北京西,软座候车区灯光明亮,每个人都能享受一个带桌子的座位,可以喝茶或咖啡,谈天,上网。隔着玻璃,你可以看到这群人衣着光鲜、举止优雅,你甚至诧异,火车站竟然有这么悠然的乐园。而就在这外面，黑压压的各色人群挤满了候车室，进站口排队的人们在雨中被淋湿，来自各地的打工者，有的席地而坐，有的用报纸拼凑起来躺着小憩，工作人员不客气地推搡走错方向的女乘客，所谓的"白领"们则到肯德基、麦当劳、吉野家短坐，以显示自己和"那些人"的区别，维护自己可怜的自尊。

　　出站透气，外面已经下起不小的雨，兜售十元一把雨伞的小贩到处叫卖，无处可去的打工者在站前屋檐下避雨，一个双脚残疾的男人似乎遭到羞辱，一个女人举起他的双拐砸向另一个男人，随后又被那个男人揪住头发殴打，人们有的怕伤到自己而躲开，有的则围观做惊讶状……一群人为自己的未来、为儿女的未来辛苦打拼，最后仍旧坐在车站的石砖地面上。贫穷出身的年轻人来到这个拥堵的大城市寻找梦想，直到最后梦想破灭。他们当中有的成功了，便成了房奴，陷入更深刻的贫困……而他们所向往的这些光怪陆离，在他们"世界"的另一端，"玻璃"的那一侧，有的人轻轻松松，就能得到……
　　这就是北京，这就是世界。

　　如今的雪，已经找到一个爱她的男人，过起了美好的生活，虽平凡却充实、安定。
　　她说，她感谢那段经历，它让她知道自己想要过什么样的生活。

米兰·昆德拉曾说，负担越重，我们的生命越贴近大地，它就越真实。当负担完全缺失，人就变得比空气还轻，就会飘起来，远离大地，变成一个半真的存在。

也许，我们眼下所经历的，就是这样的一种生活，一种状态。

痛苦是真，好在值得。

你是我的主角，我是谁的过客

正如你说的，因为在乎，所以很容易屈服，因为在乎，所以他能牵动你的思绪。

曾经有一段时间，我特别关注活跃在舞台上的"小丑"，无论是号称"中国文化精粹"的戏剧中的"丑角"，还是作为西方文化元素之一的、戴着又红又圆的鼻子的"小丑"。

东西方的"小丑"们无一例外都被赋予了欢笑的含义，让人们在沉重的悲剧氛围中，得到一丝可以欢笑的东西，又从欢笑中体味角色的内心世界。

他们靠丑化自己的形象来完成对形象的塑造，用滑稽的动作来完成对故事角色的演绎，用一副憨憨的傻笑模样，赢得人们的掌声和喝彩声。

但是，很少有人知道，"小丑"们的眼泪和内心世界——当他们努力地让别人开心的时候，自己却是最孤单的一个。

有的时候，也会有一些自以为是的看客，发出无关紧要的叹息，但仅仅是几声叹息而已。

可是，我们又何尝不是别人生活中的"小丑"呢？

"为自己而活"只是一句难以实现的空话罢了。

我们生活着，一花一草，一颦一笑都和我们有着干系。

正像卞之琳在《断章》中说的那样："你在桥上看风景，看风景的人在楼上看你。明月装饰了你的窗子，你装饰了别人的梦。"

每个人都是自己生活的主角，也是别人生活的过客，无论时间是长是短。

每个人都需要依附他人的存在而存在，断裂了，也就失去了存在的意义。

比如说，爱情。

就像是《霸王别姬》中，蝶衣对师哥的爱，无法自拔，伴随一生。

人不该太过于入戏，无论在什么方面，太过于入戏就容易把自己陷进去，太过于入戏就难以把自己抽离出来，太过于入戏最终伤害的注定是自己。

把自己抽离出来，分开身，不要把所有的精神都投入进去。有的人却说，这不可能。或许是吧，在爱情的世界里，真心相爱的话，如何能抽离出一半的自己呢？

现实不如演戏，演戏尚会因入戏太深而无法自拔，更何况是现实呢?

可不将自己的爱抽离,难道像蝶衣一样,眼睁睁地看着师哥带着菊仙离开,仅仅得到师哥的一句"你是真虞姬,我是假霸王"?

情真意切的一句请求,以及曾经望穿秋水的等待,可还是换不来师哥的终生守候。

他还是要离开,并且是头也不回地离开,师哥的心中,自然有在乎的人。只可惜,这个人不是程蝶衣。而蝶衣想要的在乎,师哥给不了。甚至,至死师哥都不知道,蝶衣要的到底是什么。一辈子的戏,一辈子在一起,一句请求,一句爱的恳求,难以实现。只因不是彼此相爱。

单方面的爱情是痛并快乐着。可是,那是在没有第三者的情况下发生的。默默地关注,默默地爱,默默地把他融入自己的生命,甚至将自己也融入到他的生命里。唯一能让他感觉到欣慰的,是他至少还能在戏中,流露出对他的爱意,但也仅仅是在戏中。

可是在现实中,他要流露爱意,也要小楼肯接受才行,终究是两情相悦才能长久的啊!只可惜,现实往往不遂人愿。

所以,在"霸王"的生活里,虞姬是他的陪伴,是他的挚爱,但在小楼的生活里,蝶衣只能是个过客。

自作多情,伤的只是自己。

英国作家威廉·萨克雷曾说,一个圣诞节哑剧团在最后一晚演完落幕的时候，那个老丑角的心里一定很难过。

一辈子都在用自己的夸张表演，为别人带来阵阵欢笑，一生都生活在一种"利他"的氛围中。当最终不得不离开舞台的时候，"小丑"们也就失去了自己存在的意义。

故而，当蝶衣最终说出"今后你演你的，我演我的"时，小楼的心，碎了，霸王的心也碎了，观众的心，也跟着小楼和霸王的心碎了，稀里哗啦地落了一地。

恍惚间，突然想到了周芷若。

在订婚礼上，张无忌跟着赵敏走了，或许这是他的义无反顾，或许这是他的违心之作，周芷若完全猜不透，也看不透张无忌的心思。

尽管在冰火岛上费尽心机，费心竭力地制造了一个又一个谜团，现在全都白费了。眼看张无忌就是自己的夫君了，却又在这节骨眼儿上跟着别的女人离开了，此时的周芷若是否会后悔自己跟随着张无忌回到中原呢？

发簪坠地，清脆、破碎，随着碎片四处崩落的，恐怕还有她的心吧！

再多的算计、再多的努力，也永远都抵不过他喜欢的人的一举一动，一笑一颦，甚至她的身影都已深深印刻在他的脑海，时刻回荡在他的眼前。

何苦太过执着其中的爱与恨呢？他不爱你，就算此刻你在他的眼前消失，或许他还一无所知。

因为在乎，所以很容易屈服，因为在乎，所以他能牵动你的思绪。

蝶衣终究是要小楼也接受自己的爱恋，为了换回他的心，即使要付出再多的努力也心甘情愿。可这段断背之恋，又如何能逃脱得了世人的谈论呢？

他的执着的爱，甚至让师哥也很为难，他不知道应该如何走进蝶衣那颗玻璃般的心，更不可能撇下蝶衣不管，因为师哥疼蝶衣，是有别于爱情的那种疼。

然而，蝶衣和小楼最终还是同台演出了，但让小楼没有想到的是，这次蝶衣真的做成了虞姬，竟然会假戏真做，用自己曾经付出屈辱换来的宝剑，自尽了。

一辈子，小楼都没明白蝶衣对自己的那份情意。不是真不明白，而是不敢明白。

台上的虞姬是美的，但台下的蝶衣处处让人瞧不起，他只能生活在台上，生活在别人愿意看到的生活里，尽情演绎虞姬与霸王之间的那段旷世情缘，但没有人愿意理解蝶衣的内心世界。

他是孤单的。

就如只能把欢乐留在台上的"小丑"们。

演戏，流泪。

入戏越深反而越是清醒。

太阳很远,却终有阳光

即便双眼盲去,却依旧能够感受到阳光。

我们时常会不得不在一个个路口停下来,等待绿灯亮起的那一刻,急速穿过路口。

我们又时常不得不停下匆忙的脚步,只因为一些事情突然闯入我们的生活,让我们慢慢行走。

我是一个特别容易急躁的人。记得刚毕业那几年,曾有一段时间为了工作而奔波,甚至觉得等待本身就是在耗费生命,无比漫长。我原本以为阅读可以让自己放松下来,结果却非我所愿,根本无法扫除我的焦虑。

于是,我和哥哥说,我抑郁了。他说,你应该多出去走走,没钱说话,我有。

听了哥哥的话,心里瞬间像开了一扇门。门虽不大,但足以通通气了。

不知为什么,从来没有与"抑郁"产生任何瓜葛的我,此时竟然会用这个陌生的词,来形容自己近期的感觉,但它又似乎是最合适的词汇,让我给自己提个醒。

后来,我似乎真的拿了哥哥的钱做了次长途旅行,非常大胆地只身一人从三亚坐车去陵水。汽车在山路上颠簸,我的胃肠也在颠簸中共振，让我一时晕车到无以复加的地步。看着自己连五脏六腑都要吐出来了，竟然瞬间有了自杀的念头。回想起来，只感觉当时的自己真是奇怪。把人家的车吐得很脏不说，居然只记住了因为太难受不如死掉的闪念。

现在想起来，那个时候幼稚得既可爱又可笑。

生老病死本就是无法逃避的事情，我没有在那段山路上自杀，但不久就经历了相处多年的姑婆的过早离开。本来，我是希望她能活到一百二十岁的呢。

姑婆还是走了，不管是到了中国传统的冥府，还是西方耶稣建立的天堂，我都难以忘记。

后来，在整理姑婆遗物的时候，姐姐跟我讲，姑婆临走前还在念叨着我，问我怎么没来，姐姐只说我一路晕车，回去休息了。

于是，每当想到这段往事的时候，我都会将热泪噙在眼眶里，让它围着眼珠转几圈，然后再落下去，或者缩回去。

姑婆的"远行"，又让我联想到很多阴暗的事情，比如到我老了的时候，是不是也会遇到这样的情况呢？那时候，丈夫可能在也可能不在，儿女可能会因为工作的原因，离我千里万里，大抵也都不在身边，身患重病、孤苦无助的我，或许也会自然地想到死亡，得到正常的圆满。于是，因为姑婆的离去而忧郁的心，又稍稍开解了些。

小时候，我是个偶尔自卑的人，其实到现在也还会偶尔自卑。看《鲁豫有约》，当看到那些无比风光而又大红大紫的明星，也曾有过自卑的时候，才觉得，自卑原本就是一个再正常不过的东西。

一个人不可能永远自信满满，如果始终如此，可能他就是病态的。如此一想，我的心情竟然会豁然亮堂起来。

因为经常关注《鲁豫有约》，我看到了李兰妮，就是在罹患重度抑郁症之后，写出《旷野无人》的那个女作家。之前我就听说过这本书，但直到看到对她的专访，才知道原来是讲抑郁症的。

我有亲爱的爸爸妈妈和姐姐，也有狐朋狗友一大帮，一个人出门的时候，手机信号满格、电量充足，甚至欠费停机的时候都会有人及时代缴，能让我即使跑到天涯海角，也能被找到。并且，我还有别人艳羡的工作，有自己的爱好，有爱自己的老公，有两个活泼可爱的孩子。在别人的眼里，我几乎就处在幸福的中心，我还有什么好抑郁的呢？

或许这一切，正是导致我抑郁的"隐形衣"吧！

或许，患有抑郁的人，无论已经达到什么样的程度，都不是最先由患者意识到的，即便本人意识到了也不愿意承认。对于我来说，即便我知道这个词，也不代表自己就有。但不管有没有，我觉得自己都应该预防，并正确认知它。

以自己喜欢的方式，过自己喜欢的生活。这样就好了。

从上小学开始，我就喜欢独来独往，初中、高中阶段好了很多，到了大学基本上还是在延续中学阶段的状态，很少参加活动，比较懒于行动，甚至怀疑自己得了心理疾病，纠结着要不要去看心理医生。但是，我终究没有去找心理医生，即便我曾从心理医生的门前无数次经过，或许还是性格中孤独的那一面在起作用吧！

不知道，也懒得去想了！

总之，身在幸福中心的我，就这样幸福地活着的，因为我确实没有太多理由，再去悲伤。

记得还是那期《鲁豫有约》，一位医生说，"要做一个普通人"，我想他应该是说让人们在心态上做回普通吧！

李兰妮也说，要想战胜抑郁，要先心中有信仰，有盼望和爱。

太阳，有时候在那么远的地方，好像黑夜侵袭了一切，但是，即便双眼盲去，也依旧能够感受到阳光。

不忘初心，方得始终

生活本就应该是这个样子吧！滋味平淡却最真实，经历苦难却最恒久。

记得在曾经的夏夜，我躺在奶奶的腿上，仰视着灿烂的星空，点数着天上的星星。奶奶一辈子都没有进过学堂，但她总是反复叮嘱我要好好学习。

或许她也知道知识的重要性吧，或者只是不愿让我们再受他们以及我的父母曾经受过的苦。

奶奶的话不多，但总是淳朴的。她总以最浅显的话，说自己一辈子积攒下的道理。在爷爷早逝之后，她以自己的小脚带领着全家，与大姑同心协力，硬是支撑起一个家庭的门面。那时候，爸爸的兄弟们的肩膀还很稚嫩，于是身为长女的姑姑便承担起了一家人的大部分工作，忙里忙外，不得休息。

失去了男人支撑的家庭，在老家那边是受人歧视的，自然也可能受到各种各样的欺负。但即便是这样，在奶奶和大姑的支撑下，兄弟几个都成了喝过学堂墨水的"知识分子"，村民们遇到大事小情了，总也会求助他们，完全没有了先前的歧视。

虽然他们最终都因为种种原因落在了农村，却再没有人瞧不起我们家的人。

奶奶和大姑以她们柔弱的肩膀和"三寸金莲"，为我们支撑起了一片天空。

及至哥哥和我到该进学校的年龄之后，父母又把我们送进了学校。这时候的学校已经比父辈时候所经历的教学条件有了非常大的提高，但在奶奶的嘴里，那仍然是"学堂"。或许，奶奶终究觉得,"学堂"比"学校"更加庄雅一些吧!

小学生活总是欢愉而又短暂的。随着岁月的流转,父亲岁数的增长,我们肩上书包里的书本也越来越多、越来越厚,价格也越来越高了。伴随着书本厚度的增加,我的鼻梁上也开始架起一副镜片,并慢慢地增厚。

越来越高昂的学杂费支出,让爸妈不得不精打细算地过日子。除去必要的生活支出,爸妈每月的收入中,很大一部分都交到了我们手里,再由我们的手,颤颤巍巍地交到老师的手里,看着老师在那里皱着眉头,耐心地点数手上的一沓沓零票。

就这样,生活就一天天地在路上、课堂上过去了。

小时候的经历是美好的,但农村的生活是艰苦的,无论是幼时印象中不时跳动的火焰,还是低矮的、随时担心可能因大雨而塌落的房屋。

这些都在我的脑海中留下了深刻的印象,尤其是跳动着火焰的小煤油灯,燃烧着让我们每个人的鼻孔都黑黑的劣质煤油的手工小煤油灯。甚至直到现在,我也还记得一家人围坐在低矮的饭桌上,就着小煤油灯昏黄的跳动的光,吃晚饭的情景。

在昏黄的煤油灯光中,难免犯错。二伯喜欢抽烟,野外作业的他,下来休息的时候,就常用烟卷来打发时间。有一晚,他就蹲坐在房门处,坐在低矮的门槛上,一边跟爸妈唠嗑,一边摸出烟卷来用火柴点燃,把长长的身影隐没在外面暗黑的世界里。

那个时候,好像老家的小商店里刚刚贩卖过滤嘴香烟,当然都是比较劣质的了。二伯习惯性地点燃了香烟,抽了一口,感觉味道不对,再看时才发现是颠倒了香烟的头尾,点燃了过滤嘴的一端。

煤油灯下的记忆总是欢乐的,完全不像雨夜中的记忆那样沉重。

几乎每个雨夜,爸妈都会用手电筒小心地查看着墙壁,查看着可能会塌落的地方。听着屋顶上流下的水砸在水盆里叮叮当当的声响,我半睡半醒地赖在爸妈的怀抱里,总是觉得那样的时间很讨厌,很难熬。

终于,在某一年的春末,无法履行使命的老屋,在人们热火朝天的号子声中倒下了,并在它垫起的地基上,立起了一座宽敞明亮的砖瓦房。

为了建造这座砖瓦房,爸妈几乎将所有的积蓄都花费殆尽。当砖瓦房终于竣工并完成装修后,爸妈可供支配的钱,只能支撑一家人十来天的生活。

生活水平总是变化很快。

短短几年时间,村子里就发生了很大的变化,当很多人家都开上了农用机械的时候,爸妈却不得不盘点手中不多的钱,紧巴巴地过日子,并竭力支撑着我和哥哥的学习所需。

为了让我们上进，爸爸经常用别人的话激励我们：说谁家谁家的孩子下学出去打工了，一个月赚到的钱够我们小半年的学费了；又说谁家谁家的孩子都会赶车驾辕，帮大人们收拾庄稼地了；又说谁家谁家的大人跟爸爸说，为了供我们上学，已经几台拖拉机都开进学堂里了……

每当爸爸说起这些的时候，妈妈总是说，跟他们提这个干吗？

爸爸总是说，干吗不能提？就要让他们知道知道咱们生活得不容易，让他们知道好好学！

而我和哥哥，也只能尴尬地笑着，在心里立下心愿，一定要让爸妈过上幸福的生活。

年初，当我和哥哥带着家人再次回到老家的时候，爸妈早已迎出家门口，倚在村口的木墩上，远远地张望着，当我们的车最终映入他们眼帘的时候，他们便站在一起，站成了一座浮雕。

从未曾发现，原来高大健壮的父亲，如今也略有些佝偻，原本红润美丽的母亲，如今却也挂满了风霜。

看到这些，我的双眼不禁有些湿润，像是要落下泪来，但很快就被孩子们吵闹的声音给吓缩了回去。

农村的年味总是更浓一些，不光有噼噼啪啪的爆竹声，还有乡里乡亲的家长里短，问候叮嘱。离家几年，我们的生活以及家乡的面貌，都有了不小的变化，甚至还出现了几栋装饰一新的楼房。相比之下，我家修建了十几年的低矮的砖瓦房，显得更加低矮、丑陋。于是，我们便几次三番地劝说爸妈随我们一起生活。

但是，劳作了一辈子的爸妈依然无法离开那片土地。一是他们舍不得家里的猫狗和锄头，舍不得田里的收成，二是放不下仍健在的奶奶，虽然她已经不再认得日夜操劳、侍候她的人到底是谁，但爸妈说，只有当他们在的时候，奶奶才会安心，也只有当奶奶在他们跟前的时候，他们才更安心。

就这样，彼此相守着，一守就是一辈子。

虽然经历了乡人的取笑，但无论是奶奶、大姑，还是爸爸、妈妈，都坚守了自己对于未来生活的憧憬，并努力地一点点改变生活本来的样子。

我想，生活得更好，就是他们的初心吧！

而在这种改变中，爸妈一起经营了他们的爱情，虽然彼此都羞于把"爱"字说出口，但举止眉眼间，都现出他们对彼此的浓浓的爱！

我想，生活本就应该是这个样子吧！滋味平淡却最真实，经历苦难却最恒久。

眉眼之下，一片桃花

不是此处没有风景，而是我们一直生活在别处。

一朋友在他的日记本里写道：

城市的生存环境，让我们在不知不觉中丢失了自己，于是灵魂越陷越深，一直深到遥不可及，貌似是自己，却又难以肯定是不是自己。

城市就好像魔方，我们自以为生活精彩而富有诗意，我们学会了在魔方里吟诵和祈祷，却也不过是方正的生活罢了，那样的多姿多彩，也不过是从生活的此端前往彼端罢了。人的欢愉从来来自源头，而这源头并非在身体以外的地方。

或许，诗歌的美丽，从未是为了歌颂生活，而是为了赞美灵魂。

所以，不是此处没有风景，而是我们一直生活在别处。

我们都曾做过梦境中的英雄，最后却不得不在一蔬一饭中畏畏缩缩。

晴，一个放手生活的女孩子。她说，她想要做一个肆意生长的女人，有一天老去，她也可以炫耀曾经有过的锋芒。

在她们学校生活区的湖边，有一个被果树和连翘丛围成的小块地方。她非常喜欢那里的连翘丛，戏称那里为"南园"。

她说，她实在是喜欢连翘这种可爱的东西，春天时结出一串串黄花，让人误以为是迎春，夏天将来的时候，又落尽了黄花，长出一串串小叶子来，还把一米多长的枝条从中间向四周舒展开，形成一个秘密的空间，从外面看不见，钻进去却别有洞天。

我想，在她的眼里，或许这就是《苏菲的世界》里，苏菲所拥有的那个"小天堂"——一个被植物围成的小窝，可以让她钻到里边读信。当晴最终真的大着胆子钻进那片连翘丛的时候，她才发现躲在植物里的感觉如此美妙，就跟"苏菲的世界"一样。

有时候，我们追求的所谓安全感也许只需要一棵不会开花的植物。

于是，在那年的一个夏夜，她约来了另外的三个好朋友——大伟、房子、宇哥，一起钻进了那片连翘丛。大伟是她的同宿——一个充满了爷们儿气的女孩子，房子和宇哥是她同一个协会一起挥洒青春和汗水的"战友"。就这四个人，在南园不大的空间里，就着昏黄的路灯，坐在各自从宿舍里拿来的床单、毛毯上，围坐着吃买来的瓜子、西瓜、啤酒，天南海北地聊着天。

她甚至还记得，那天晚上的月亮很亮，但蚊子很多，大家聊天的时候还不太在意，可第二天醒来的时候，发现浑身是包，满是蚊子亲吻后的证据。可让他们更为欣喜的是，他们的周围，满是植物和露水的味道，清透、纯粹，让人打心底里喜欢。

此时，大伟爱慕着房子，而宇哥后来成了晴的男友。

那一夜，四个人都觉得异常美好，他们没有去看高山流水，也没有去见繁华闹市，只是去了该去的地方，去了自己的净土。

不在于在哪儿，不在于和谁，不在于安好喧嚣，不在于冷暖春秋，在于此时此刻，在于此人此事。

如今的晴，早已褪去学生时代的稚嫩，孤身一人在北京的几年历练，让她的身上有了一股熟女的味道，自信又强大。虽然在一个小城市里的一家广告公司供职，但此时的她，充实、坦然、淡定，似乎依然拥有着一点点的天真。

她说，我总会看到"这里"和"那里"的风景，一样的美。

我问她"这里"和"那里"是什么。

她回答我四个字——世外桃源。

"世外桃源"固然美丽，但我总觉得那终究只存在于想象里。

但是，一位远足归来的朋友告诉我，这个世界上真的有像"世外桃源"一样美丽的地方。在那里，你会知道幸福的生活应该是什么样子。

真的有这样的地方吗？

朋友说，它就在喜马拉雅的山脚下，是一个面积不大的王国，信奉的是藏传佛教，是个比西藏还要西藏的地方。它的名字就叫不丹。

尽管不丹人的生活水平一直维持在最不发达的水平，但国民的幸福指数常年保持在亚洲第一、全球前列的位置。这就让我感到不解，不丹人的幸福感到底从何而来？

朋友说，在不丹的日子里，几乎每天都能看到青山绿水，蓝天白云，以及始终洋溢在男女老少脸上的笑容，都那么温文尔雅，灿若朝阳，让即便是最悲伤、苦闷的人，都能感受到微笑的力量，看到生活的希望。

这也许就是不丹这个国度的神奇之处。

因为佛教的影响，这里的人们几乎毕生都遵循着佛经定下的一切伦理、规矩。登上著名的虎穴寺，俯瞰不丹的河山，茂密的苍松翠柏，金灿灿的稻田，一切都让你感觉仿佛已经融化在这绝美的环境里。

朋友说，与不丹人的接触，让他明白，物质财富的增加，只会让处于贫困生活中的人感到快乐和幸福，而当温饱已不成问题的时候，物质财富之外的因素，才是决定个人幸福与否的关键。而几乎所有的不丹人，都在有计划地实现着自己的追求，没有让现代文明中的所谓"进步"，扰乱自己的心神和脚步。

真正的世外桃源，哪里又在世外呢？低头一看，其实随处可见。

脏的不是这个世界，而是看世界的眼睛。

幸福旁边，荒无人烟

幸福这东西，不问出处，恐怕只有在荒无人烟的地方。

一条青石板路连接着周围的十几家铺子和几十家住户，住户们依然保持着淳朴的民风，人们互赠吃食，夜不闭户，安定舒适。

这里是芙蓉镇。

虽然面积不大，但这里吸引着周围村镇的人们。每逢集市，四村八镇的人们都会聚集到这里，除了交易生活必需品，还要到"芙蓉姐子"胡玉音的米豆腐摊子上，吃上一碗米豆腐。整个小镇上的人，各自生活得有声有色，口袋也渐渐鼓起来。

因为胡玉音的热情好客，周围十里八乡、四村八镇的人，走到了芙蓉镇，到"芙蓉姐子"的米豆腐摊子上吃一碗，已经是再平常不过的事情了。

而照顾他们生意的，自然也不只是这些淳朴的老百姓，还有粮站站长谷燕山、大队支书黎满庚、"五类分子"秦书田。

有了这么多人的照顾，胡玉音和桂桂靠着自己的诚实劳动，积攒起了不小的一笔财富，还对自己的老屋进行了扩建，建起了一座崭新的吊脚楼。

一切都变得越来越好，幸福是指日可待的期盼。

但谁也没有想到，就是红火的米豆腐摊子和新建起来的吊脚楼，让胡玉音开始经历一段难以回视的梦魇。

"文革"运动的兴起，彻底打破了小镇的宁静，随之破碎的，还有胡玉音对未来生活的美好向往。

通往幸福的路千辛万苦，需要长途跋涉，可是坠入地狱，只消一秒钟就可以。

在这场运动中，胡玉音丧失了自己的丈夫桂桂，丧失了自己的生意，也丧失了做人的尊严，被逼着拿起扫帚，与"秦癫子"秦书田一起，清扫大街。

而受胡玉音的牵连，谷燕山因为私自批发碎米给胡玉音，遭到羞辱禁足；大队支书黎满庚为了保全家人的安全，不得不背信弃义地将胡玉音委托保管的一千多块钱，交给了运动的负责人李国香。

自此之后，每逢运动又迎来一个高潮，他们就不得不陪斗，但无论怎样，"秦癫子"秦书田始终保持着乐观的心态，尽管他的生活里连一点阳光都看不到。

这是《芙蓉镇》里的一群人。

而美国电影《肖申克的救赎》，则讲述的是一个美国式的"芙蓉镇"的故事。

虽然身处险境，但年轻而富有才华的囚犯安迪凭借着聪明才智，机智地为自己赢得了生存的空间，以及些许的自由，并为自己争取到了其他人从来没有享受过的利益，当然不仅仅是物质上的，还有足以愉悦精神的东西。

而凭着对财务的精通，他开始与残暴、阴险的典狱长进行机智的斗争，并在成功潜出肖申克监狱之后，帮自己获得了物质上的自由和重新生活的资本。

任何人都无限留恋蓝天、白云的自由生活，但并不是所有的人都能得到，就像是身处肖申克监狱里的瑞德等安迪的狱友。

在整部影片中，安迪的微笑是一个非常特别的因素，正是这种微笑，以及微笑之下内心的乐观，让安迪得以安然地度过在黑暗的肖申克监狱的岁月。

还有比乐观的心态更能鼓舞人心的吗？

既然环境无法给人以活下去的希望，那就只有用自己内心的希望自我鼓励了。

人类总是在以自己的感觉生活，所以人们才会时常受到情绪的影响和支配。尤其是在面对残酷的环境的时候，这种表现会更加强烈，于是便会不停地奋力抗争，然后刺激环境更加恶化，从而让自己的内心更受压迫，进而消磨掉抗争之心，慢慢变成行尸走肉。直至安迪越狱成功之前，可以说，包括瑞德在内的狱友们，都是这样生活着。比如，恃强凌弱的"三姐妹"，正如《芙蓉镇》里的"运动分子"王秋赦。

面对人世荒芜，与安迪一样淡然的，还有秦书田。不管是听从"红小兵"的指令跳"忠"字舞，在自己家门前刻泥雕像，听从安排滔滔不绝地演说，甚至别人让他下跪他就立刻跪下，别人打了他的左脸，他还主动地把右脸亮给对方……他任何时候都泰然处之，但又将对这些人的反抗，隐藏在自己彻头彻尾的屈服表象之下。

也许，在秦书田看来，与其用强硬的方式对抗，不如巧妙地回避，否则只能让自己死得毫无尊严。尽管让人们有些厌恶，但借用这种配合的方式，能让自己活下去。而在《肖申克的救赎》中，面对着冷酷的典狱长、残暴的狱警，以及时刻想发泄兽欲的"三姐妹"，安迪的心中也有反抗之念，看起来虚弱无力，但坚定而持久。

在《芙蓉镇》里，秦书田虽然不得不接过扫帚，日复一日地清扫那条青石板路，但依然能在冷酷的人情面前，让看起来毫无希望的生活中，有一丝欢乐的因素，如街头跳起的华尔兹，在与胡玉音共同清扫青石板路的过程中，赢得了胡玉音的心，相互扶持，相互给予对方活下去的勇气。就像是安迪给瑞德也制造了一个活下去的希望一样。

真正的坚强，不是在困境中始终挺立的腰杆。

智慧就是在生活中能捡能放。

幸福这东西，不问出处，恐怕只有在荒无人烟的地方。

最后的最后才是生活

当一切飘浮在空中的梦破碎,当现实不容置疑地摆在面前,我们未必会感到不幸。

大部分的女生都是喜欢猫的。

我小的时候,也非常喜欢猫,甚至把养猫看得比其他任何事都重要,于是便不断地养。记得住在姑婆家的十年间,我就曾陆续养过二十多只猫。只是那些个毛茸茸的精灵,都是在家里住上一段时间,然后便以不同的方式奔向死亡。

要么吃了吃过老鼠药的老鼠,要么被人抓了去吃肉,要么便是在与同伴的斗殴中身亡!

但这从来没有浇灭我养猫的热情。

虽然家猫之间也会斗得势不两立、不可开交,但也有看得对眼的,即便是同性之间也能和睦相处,像极了我们人类。当然,有的时候也可能是看对方可怜,不忍其再流浪。

于是,家猫通常会邀请流浪的猫咪来家里做客,被邀请的猫咪,有的腼腆,有的娇羞,有的态度暧昧至极。对于这些不请自到的猫,姑婆通常表现出明显的态度——对不跳上桌偷吃的猫咪爱护有加,但对不听话的,则是在骂好长时间之后,才给东西吃!

读书了，眼界自然也就开阔了许多，甚至从文章里，都可以探寻到爱猫人的蛛丝马迹，比如林语堂，他的爱猫与别人家的猫在屋顶打架，他不光要拿着竹竿去帮忙，还要在自家猫下来后，愤愤不平地咒骂上几句。

后来升了学，到外地上学了，才不得不离开姑婆那温馨的家，以及我在那里养的最后一只猫。奇怪的是，在我离开后，那只我最后收养的小猫，竟然在姑婆家生活了三四年。

它总算是活下来了，而且还很长寿的样子。

很快，我又有些惆怅。难道，我天生克猫？

常想起那段养猫的岁月，毕竟在我的生活中，从来没有缺少过猫的影子，黑的、白的、花的、肥的、瘦的、丑的、俊的，是它们满足了我的情感，让我现在回想起来都记忆犹新。

林夕一辈子没有得到他的所爱。但是，对于爱情的至纯至真的幻想，被他用文字表达出来。出道二十五年间，他在这座用文字筑起的爱情圣殿里，不断地体味爱一个人的感觉。

这何尝不是另一种幸福呢？

得不到的才可以十年如一日地在心里骚动。

有一次逛地摊，一个卖鞋的大叔的鞋子款式格外新颖，甚至在顾客试穿的时候，他还能讲出顾客适合穿什么样的鞋子，什么样的脚穿什么样的鞋。

出于好奇，我和他攀谈起来。原来，他曾经是一位女鞋设计师，因为公司倒闭了，才出来卖鞋，混口饭吃。

我猜想，他也许并不是个太牛的设计师，他曾经供职的公司也未必是一家叫得上名的企业。然而，他可以骄傲地说，他曾经是一名设计师。在普通世人的眼中，他也许是一个失败者，但他的过去令他自豪。

这又何尝不是件幸福的事情呢？

我们在生活中总会遇到太多的"失败者"，也许就是我们，也许不包括我们。

我也曾幻想过自己，成为某个高级写字楼里的小领导，或者成为一个成功创业的小老板。

当一切飘浮在空中的梦破碎，当现实不容置疑地摆在面前，我们未必会感到不幸。

梦想实现了，是人生最大的快事；梦想破灭了，我为梦想奋斗的那些岁月，就成了平淡一生中，最值得珍藏的财富。

在筷子兄弟的《老男孩之猛龙过江》里，王太利一直想写一首《我想去纽约》，写了十几年，却一个字都没写出来。

后来，他散尽钱财，费尽周折地拿到了一档美国选秀节目的入场券，却阴差阳错地被卷入了一场黑帮斗争。这自然没办法实现他们通过选秀节目改变生活的梦想，最后又不得不回到了自己的生活。

直到这个时候，他才恍然大悟，写出了人生的第一首歌，让这首《我从来没去过纽约》，成了最动人的旋律……

我从来没去过纽约

从没有到过夏威夷

从未穿着牛仔衣淋着旧金山的雨

我从来没去过纽约

我要感受着自由的空气

我想要挣脱束缚释放我自己

当我站在街道旁

我已经带了所有的东西

护照信用卡和Money

或许能赶上今晚的飞机

路灯下就停着出租车

坐公交或地铁也不错

心跳的感觉来临在这一刻

再次充满梦想的我

要放纵自己把束缚摆脱

我真的想离开

想要离开

但人生的追求,终究不是总能实现的。就像筷子兄弟,当借美国选秀节目改变现实的梦想破灭后,除了回到原来的生活,还有什么能做的呢?

既然破灭了,回来继续当下的生活,未必就不是一种幸福的姿态。于是,

然后我买了包香烟

原路返回到家里面

走过潮湿发霉熟悉的楼梯间

老婆说你怎么才回来

毕老爷就要上舞台

她说你没事吧

我还能有什么事

……

　　山顶风景固然秀丽壮阔,群雾缭绕,可我们终究还是要下到山脚,做衣煮食填饱肚子。

　　云再好看,抬头一眼就够了。

谢 谢 我 自 己 来 过 这 个 世 界

　　我爱惨了这个世界,不为别的,只因为我活着!

　　人生的不同阶段,往往会有不同的梦想。比如小的时候,我曾穿着鲜艳、漂亮的衣服,在送同族的姐姐出嫁时,也想象着有朝一日,自己穿上婚纱那一刻的幸福,沉浸在人们注视的目光中。这样想着,竟然生出想快点长大的愿望,只为那一时刻的到来。

及至长大，却又想起自己记忆中的童年来了。那时候的我，爸爸妈妈的爱护和庇护，像是为我撑起了一把足以躲避天敌的大伞，就像现在的我，与丈夫一起为孩子撑起的大伞一样。看着孩子在我们的庇护下愉快地成长，有时候竟然会有些嫉妒起他来了。

现在想想，人生实在不是一个容易过去的历程。虽然韶光易逝，但想轻松地过去非常难。我也曾有过无数个梦想，细数起来，到目前的这个时候，还真的不少呢！可是哪些又是遭到了半途的夭折？其中有快乐也有伤悲，但无论是快乐的成分还是伤悲的部分，都来得那么刻骨铭心。

现在的我，才发现年少时候的美好，既能拥有无数不管实现得了或实现不了的梦想，又能在梦想破灭之后勇敢地继续追求。这就是"少年不知愁滋味"的别样优势！

一个人的打拼有些累，更有些孤单。

曾经的某段时间，我变得恨嫁。或许是被记忆中同族姐姐出嫁刺激的吧，我从小到大的梦想，居然是能像姐姐那样穿上婚纱出嫁。想来可笑，虽然那时的我还没明白婚姻到底意味着什么！

在这以后的很长一段时间里，我都误以为，自己这辈子再也找不到我的良人了，再也找不到他来疼我爱我了！面对着家中老少及亲朋好友的热情张罗，我逐渐变得抗拒，抗拒对我示好的每一个异性。

直到遇到我现在的爱人——这个愿意用尽一生来宠我、爱我的男人，我充满了恐惧的心才慢慢轻松下来，享受着他给我安排好的一切，抛弃"女汉子"的面目，安心地做"小女人"。他用宽阔、坚实的肩膀，扛起了我们的家，扛起了我小女子的忧郁情怀，也扛起了我曾经的、现在的，以及即将出现的梦想。

两个人的生活，经营起来总是不易，突然增加的一个家庭，却又让这种不易加倍。刚开始的时候，毫无生活经验的我们，也曾从别人那里窃取了经验，却怎么也理不顺我们的婚姻生活，甚至有时更是乱上加乱。

有的时候，我也与丈夫探讨这些事情，追问生活陷入一团麻的根源。回想起我们的恋爱，也曾是无比甜蜜，却总不知为何会是现在这个样子。

后来，我们才渐渐明白，或许是我们直接套用现有模式的过错！生活是我们的，为什么偏要套用别人的成果呢？两个人的生活，需要彼此用尽一生共同经营，哪有那么多的是是非非呢？

于是，我们全都释然，默契地生活，生活的样子，居然和顺了。

或许，真实的生活就是要充满颠簸。只有经历了苦难，经过了磨砺，走过了坚持的岁月，生命才更有意义。

其实，我真的很感谢自己，能够从这个世界路过，从自己的或是别人的故事中路过，等着天明的温暖，等着天黑的浪漫。我经历着那么长却又是那么短的时光，也爱着这时光中所有的过客，或匆匆而过，或久驻身旁。

我爱惨了这个世界，不为别的，只因为我活着！

《大话西游》再一次上到了院线，重新进入观众的视野。还是那些熟悉的人，演绎着那样经典的故事，但剧中的人，在现实中演绎着不同的人生。

二十年了，人生又有几个二十年？

当初，周星驰与朱茵因《逃学威龙2》结缘，却没想到会在《大话西游》上映后分手。原来岁月能够改变的，不仅是人们的相貌，还有人们的内心。

就像是《大话西游》里，至尊宝对紫霞仙子说的那段催人泪下的表白，造就了这部谜一样的电影，也几乎成了当时所有人都耳熟能详的经典对白，更让我们对紫霞仙子留在至尊宝心里的那滴泪而感动，但又有谁能想到这部剧，竟是他们最后一次牵手？

也许就是爱情的力量吧，让紫霞仙子与至尊宝之间的误会化解，和好如初，但让周星驰的世界里再也没有朱茵的身影，然后形同陌路。

紫霞仙子对至尊宝的爱是真的，所爱的，是至尊宝的专一；朱茵对周星驰的恨也是真的,所恨的,则是周星驰的多情。

也许,"星爷"永远都不知道"紫霞"想要的是什么,所以,即便"紫霞"对他的爱有多真多纯而又多艰难,他都熟视无睹,继续追求着自己想要得到的东西。"紫霞"则不得不永远被动,永远得不到自己想要的东西。

五年后,"紫霞"找到了她的真爱,一个真正爱她的黄贯中,让她真正品尝了掌握自己命运的滋味。现在的"紫霞",走过曾经的颠簸,走过曾经的迷惘,忙碌、充实、自信,并幸福着……

第六章　不要荒废孤独的时光

【有些风雪,无关你,有关我。有些路,无法同行,只能独步。】

时间会为你疗伤

无枝可依,无人可寻,无处可去,于是,只能拼尽一切让自己变得更好。

阴郁了很长时间的天,终于放晴了。

我一个人躺在宽敞的病床上,望着窗外的天空发呆。

忙碌的生活节奏一旦中止,很多人都会出现明显的不适应,面对着突然空出的时间,手足无措,除了整日昏睡,似乎也没有什么事情可做。

可是静下来的时光是自己一个人的。

难得的自由时光里,最好能有太阳。偏偏不巧,我这次生病的几天,却始终没有见到太阳的踪影,整天就靠手机上的时间,安排该做的事情——吃饭、活动、打点滴,累了就躺在床上小憩一会儿,其余时间,就是靠着垫子半卧在床上,望着窗外发呆。

病房外有一个小小的花园,临窗的地方栽种着一排低矮的树,也间或有很多不知名的鸟在枝叶间跳来跳去,叽叽喳喳地叫个不停。

阴郁的天气往往也会带坏我的心情,变得压抑,变得烦闷,甚至有些躁动,连带着就非常烦这些整日叽叽喳喳又不肯离去的鸟儿。

可是又不由得觉得自己好笑起来,怎么能把过错怪罪在无辜的鸟儿身上呢?

是你心底没有积累起足够的阳光,才让你自己的心给阴郁"霸占"了。

好像很多人都喜欢用音乐表达自己的心情。当心情亢奋的时候,音乐风格可能会是明快的、催人奋进的;当心情低回的时候,可能就是极尽缠绵的,偶尔还带有淡淡的忧伤的味道。

记得第一次听到《心太软》的时候,似乎还是在小学阶段。之所以对这首歌留有非常深刻的印象,是因为它经常被爸爸提及。

爸爸是个心地柔软的人,并不忍心苛责我们的过错,有时说得多了,也总是说"我就是心太软啊,不忍心让你们读书到天明""我就是心太软了,不忍心让你们"……

好好的歌词,就这样被爸爸用在对我们的说教中了。

当时的我们,还没有接触太多流行音乐的机会,流行乐坛也远没有现在这般红火,尽管当时常常受到爸爸的说教,我却没有对这首歌表现出多少厌恶,依然是没心没肺地随着悠缓的乐调轻轻哼唱。

等到我终于也成为孩子的家长,并且与丈夫的两人世界中,又加入了另一个小生命之后,我才感觉到父母当年的不易,明白了当年父亲说"心太软,不忍心让我们读书到天明"时候的良苦用心。

可是，即便此刻明白了又有什么意义呢？

我们曾经与父母有过认识上的差异，也就是我们经常提及的一个词——代沟，如今同样的代沟又出现在我与我的一双儿女之间。

道理总是在自己也开始为难时才真正懂得。

我碰到过一位姐姐，她曾有过一段不成功的恋爱，都到了谈婚论嫁的地步，两个人的关系突然出现了变故。巨大的打击，让她一度失去了继续活下去的希望。

为了排遣极坏的心情，她开始大量地听歌，电池不知用掉了多少，歌曲也不知听了多少，心情却没有变好，因为她觉得几乎每一首歌都是在写她自己，于是就不停地换了一首又一首，后来实在是没的换了，就把随身听扔到一边，不再理会，转而去忙别的事情了。

就这样，这位姐姐风轻云淡地过了三年，终于从郁闷的状态中走了出来，变得像先前一样活泼，一样爱说爱笑，让人觉得，那些事情仿佛并没有发生过。并且在这三年里，事业还获得了突破，取得了不小的成绩。

有的时候，有朋友在她面前说漏了嘴，提到了那个曾让她无比痛心的负心汉的名字，她也像是没事人似的，依然笑呵呵的，甚至跟那人打听对方的近况，听完了礼貌地回应着，然后就是银铃般的一串笑声。

我很想知道她到底是怎么走出那段岁月的，但始终也没有张口，不是没有机会，只是不愿意再去揭她的伤疤，让她再经受一次痛苦。

没想到，后来她却主动提起那段岁月，并笑呵呵地说，生活总是要继续下去啊！

又问及难道不再恨当初的那个男人，以及插入他们中间，让他们分离的第三者？她仍然是一副笑呵呵的样子，依然是平静的口吻，当初是非常恨，但现在不恨了。人嘛，不能总拿别人的错来惩罚自己啊！当生活把你所有活下去的希望都熄灭的时候，你就需要给自己创造一点梦想，让它带给你活下去的希望。

我们何曾没有在自己失意的时候怨天尤人，抱怨连连，也在终究无法破解困境的时候，选择做困境的"顺民"，接受命运的安排。却没有人想到，要给自己创造点梦想，让自己继续奋斗下去。

她的一句话让我印象尤为深刻。她说，有时候，我们只能让自己发光，或许很微弱，但是终归是有些用的。一个人真到了心累死的时候，别人的话是根本听不进去的，只有自己，哭的是自己，擦泪的那个人也是自己。

有些事，只能自己挨着、熬着，别人帮不了忙。

后来，这位姐姐嫁了人，有了孩子，生活得很滋润。我问她现在怎么样，她回答我两个字——挺好。

也许有时候，我们经历过很多事情，也只是为了"挺好"，其实，这也就够了。

当一个人没有什么东西可以失去的时候，他反而有安全感。

无枝可依，无人可寻，无处可去，于是，只能拼尽一切让自己变得更好。

所以，我们有了珍惜，有了感念，有了在那艰难的岁月中难得的回忆，一点惆怅，几分淡然。

自己哭，自己擦眼泪。时间会是最安静的药剂，为你默默疗伤。

所有相遇，都是一场度化

奋斗是家常便饭，可是吃出滋味的人只是其中太少的一部分。

有朋友推荐我看《当幸福来敲门》，看过之后，又感觉到激情在心中慢慢地积聚。

当看到落魄的业务员克里斯，尽管没有资金，也没有专业知识，只是在偶然间碰到了一个可能成为股票经纪人的机会，就义无反顾地进去了，因为这可能是他改变命运的唯一机会。

尽管需要熬过长达半年的无薪试用期，尽管面临着几百人的竞争应聘，而最终的席位只有一个，尽管妻子因无法忍受困顿且毫无起色的生活而离开，尽管几乎所有的人都不认为他能成功——除了他的儿子，他依然在追逐自己梦想的道路上，大步向前。

就在他努力奋斗期间，他带着自己的儿子过起了漂泊无依的生活。因为付不起房租而失掉了独立的住所，为了赶上末班车而失掉了儿子唯一的玩偶，为了让儿子不至于露宿街头而占据车站的厕所，为了抢占收容所有限的床位而拼命奔跑……克里斯所有的这些努力，都是为了更好的生活，说起来也是一个典型的"美国梦"。

一路走下去，走过平川，走过坎坷，走向幸福。

我想，这就是生活的"本相"吧！

罗永浩在他的《我的奋斗》中聊到过自己的一个故事：

他说那段时间，他就像一个疯子一样，在靠近北京城区的山梁上，疯狂地背单词。其实，当年曾经为英语而疯掉的不止他一个，还有很多人，他们都选择僻静的山头作为自己的根据地。

刚开始的时候，他经常背到凌晨两点钟才肯离去，而那时候，山上还坐满了跟他一样疯狂的人。后来的一天，他决心要做坚持到最后的那个人。结果，到了凌晨四点钟的时候，实在坚持不住的他打了一个盹儿，醒来的时候，他分明地看到，不远处有两个人正在冲着他比画"V"的手势。

罗永浩坦白，自己也痛恨英语，更烦做老师，但为了新东方的百万年薪，他还是选择了坚持，并且通过了新东方的考试。

通过考试只是拿到了进入新东方的入场券，接下来还需准备自己的试讲。他说，那段时间依然是令人难忘的，几乎每一天都是在与自己的懒惰和妥协做斗争。

罗永浩的试讲，整整花费了他一年时间。

在北京近郊一个逼仄的环境里，罗永浩用砖头给自己搭建起了一个睡着难受的床。他说，躺在上面不能随便翻身，一翻身就可能掉下去，因此他也很难睡踏实。

为了逼着自己全身心地投入学习，他甚至将自己出门会见朋友的可能都省了。他说，为了约束自己，他甚至将他所有能穿得出门的衣服，统统扔进了垃圾堆。

一年后，罗永浩终于有了自荐进入新东方的底气和勇气，但仍然连续试讲了三次，才最终征服了俞敏洪。

这多么像《当幸福来敲门》中克里斯的经历啊！不知道罗永浩是否看到过美国式的励志故事，但我觉得，罗永浩的奋斗故事，丝毫不逊色于追寻"美国梦"的克里斯。

我看过太多人的奋斗。奋斗是家常便饭，可是吃出滋味的人只是其中太少的一部分。

服从命运有时候比无谓的抗争来得有用得多。

我们大多数人其实都是双膝弯曲、双手张开的，那不是一种战斗的姿态，那是一种等待的姿态。

等待着那种好的、坏的冲击，等待着生命中所有不期而遇的冬天或温暖，等待着姗姗来迟或早晚会到的幸运。在所有的相遇中，我们度化了自己。

疲惫时光里的芳香

最好的人生,或许不是所有的梦想都变成真,而是能有那么一两件未完成的夙愿。

在《玛丽莎的心愿清单》中,三十多岁的茱恩也有过一些梦想和计划。

比如,她曾经计划去旅行,然而庸碌的生活又让她的这个愿望搁浅,甚至让岁月磨掉自己的进取心,把这件事忘得一干二净。

比如,她曾打算报考市场营销学的硕士,以求对自己的事业有所帮助,但像其他的大多数梦想一样,这件事最终也是不了了之。

再如,她曾打算利用闲暇时间,为自己织一条披巾,但在拖延了多少时日之后,最终还是放弃了。

茱恩长相普通,枯燥乏味的工作也没有多大起色,再加上她长期孤身一人生活,她的生活几乎保持一成不变的状态,她也没有什么改变自己命运的宏大梦想。

或许,只有减掉腰部的一些赘肉,她才可能改变一成不变的状态。

看样子,她就要这样庸庸碌碌地过下去了,根本没有真正的"生活"可言。

说和做从来都不是能同步的生理反应。

然而，再根深蒂固的习惯，也可能因为突然的原因而改变。

茱恩的生活就是这样，当她还在沿着一成不变的生活轨迹，继续做惯性运动的时候，却因为一个初次相识的人而改变了。

她是在参加一个体重关注者的聚会上与玛丽莎认识的。在与玛丽莎一同回来的路上，她们遭遇了车祸，玛丽莎因为要为茱恩取放在后座上的一份减肥计划而解开了自己的安全带，在车祸中身亡了。

茱恩为此感觉到无比愧疚。在整理她的遗物的时候，茱恩在玛丽莎的钱包里，发现了一张心愿清单——二十五岁生日前要完成的二十件事。因为对玛丽莎的死感到愧疚，茱恩觉得，自己应该替玛丽莎完成这些心愿，尽管她们只是一对刚刚建立起友谊的朋友。

于是，玛丽莎未实现的心愿单，此刻变成了茱恩的心愿单。

这是一个疯狂而浪漫的计划。虽然是出于对玛丽莎的愧疚，茱恩才执行了这份心愿单上的计划，但随着愿望的一个个实现，她终于发现：玛丽莎简直就是个天才。

慢慢的，茱恩的生活发生了神奇的变化。更让她惊奇的是，在帮玛丽莎实现心愿的过程中，她发现自己的内心深处，原来也曾有过美好的愿望，只是随着青春的逝去以及时间的磨砺，这些愿望一点点被埋藏，甚至连自己都浑然不知这些变化。

于是，茱恩逐渐爱上了这种状态——为了某个目标全力以赴，不管这个目标是简单的、疯狂的，还是根本就无法实现的，"我要替玛丽莎实现这些心愿"也变成了"我要实现这些心愿"。

小时候的某一阶段，集齐一张张糖纸就是我的一个心愿。那个时候的孩子，可以拿着一张糖纸端详半天，小心地抚平一个个褶皱，让糖纸看起来非常平整，然后郑重地把它夹在哥哥用过的书里、本子里，时时翻看，久久流连。

那个时候，五彩斑斓的糖纸，就是我们的梦想，寄托着我们的情思，也寄托着一个小小心灵，对于眼前这个世界的些许幻想，仿佛那一方方小小的糖纸，就是我们的世界。

及至后来，当认识了文字的奇妙之后，一张小小的残破的纸片，都可能让我们流连半天，翻看纸片上的一个个小字符，猜想它曾经丰富的内容和情感。有的时候，也曾艳羡旁人手中的一本本小人书，虽然识字不多，却希望把每一个字、每一幅画都记进自己的脑子里。

甚至，我们还会成为别人家的"常客"，一番嗫嚅之后，却始终不敢提小人书的事儿，直到对方家长把小人书拿出来，才小心翼翼地捧过来，随便坐在什么地方，或者就把小人书平摊在床上，几个小脑袋挤在一起，贪婪地看那一篇篇图画、文字。总是在还没看完整的时候，就被哪个看得快的伙伴翻过，嘴里嘟囔着、埋怨着，却依然津津有味地看下去……

再往后，我们不再满足于小人书的世界，而开始品读一本本杂志、一册册图书、一部部电视剧、一部部动画片，仿佛这些就是我们曾经赖以品读的经典，是我们开阔眼界的精神食粮。

无论是小小的一方方糖纸，还是一本本文学杂志，无论是一册册让我们流连忘返的小人书，还是一部部让我们打发时间的动画片或剧集，有些可能满足了我们的心愿，但也有些只是让我们失望而归。

似乎那个时代的美好，就是要供我们回忆的，在我们失意的时刻，在我们疲惫的时光。尽管那个时代也曾有过得意，也曾有过迷惘。

贪心不是坏事情。

因为有欲望，所以才有动力。

最好的人生，或许不是所有的梦想都变成真，所有的目标都得以实现，而是当你慢慢老去，回首旧时光，能有那么一两件未完成的夙愿，在你最困顿、最潦倒的时光里，支撑着你走过风霜，不断前行。

童话中，王子和公主幸福地生活在一起了。

童话中这么说着，我们也就这么信了。其实，我更想看看王子和公主之后的生活，我想看王子的大肚腩，想看公主老去的容颜，想看他们被生活折腾得难受的日子，想看他们因为孩子的出生而变得更有趣的生活。但是，这样的话，就不能称之为童话了。

童话是什么？它就是被拦腰斩断的生活。它总会在最高潮的地方停下来，给人们留下无限的遐想和美妙。

可笑，又可爱！

现实中，我们的生活会一直走下去，走到我们认为最好或者最不好或者最平庸的结局，而这才是一个人真正要去经历的东西。

你是那道不那么累的风景

即使是最终不甚完美的结局，对风花雪月中的过客来说，却独独成为一道风景。

大城市的生活，仿佛只有到了夜晚，才能更显出它的魅力。

喜欢热闹的，就会趁着晚上的时光，流连于城市角落的迪厅、酒吧，混迹于形形色色的人群之中，寻欢猎艳，忘却工作时的烦恼，享受一时的刺激，且美其名曰"夜生活"。

喜欢冷清的，就可以反锁房门，守着一盏孤灯，做自己想做的事情，安静得就像是一个真空世界，把一切社会繁杂都挡在门外，关了手机、电脑，让任何人都找不到自己，就这样享受着一个人的孤独。

白日里的努力，在更多的人看来，也只是谋生的手段，无论是多么努力，获得的也只是自己在事业上的成就，而只有在夜幕下的自己，才是最真实的自己，无论是群欢还是独处，都是寻求对自我的满足，都是对自我内心的关照。

很多女人，似乎在社会的碾压下，不得不抛弃自己柔弱的外表，隐藏起自己脆弱的内心。她们似乎想要证明，我们并不是一个懦弱而卑怯的群体，更甚者，她们想着男人为自己让开一条路，让世界为自己让开一条路。

所以不仅有了"女强人"，更有了"女汉子"。

这样一个调侃的称谓，让一群手足无措的女人似乎发现了自己的定位。她们说，我扛得了煤气罐、换得了饮水桶、赚得了钱、生得了孩子……那还要男人干什么！

如果窝在舒服的家里什么都不做就能得到梦寐以求的幸福，谁又会心甘情愿以自嘲换愉悦呢？

金庸小说《书剑恩仇录》中的霍青桐，就是一个。

霍青桐是率人入关夺回经书的途中遇上陈家洛的。

初见陈家洛的时候，"见这人丰姿如玉，目朗似星，轻袍缓带，手中摇着一柄折扇，神采飞扬，气度闲雅"，霍青桐不由脸上一红；而眼见"霍青桐却体态婀娜，娇如春花，丽若朝霞，先前专心观看她剑法，此时临近当面，不意人间竟有如此好女子"，陈家洛也"一时不由得心跳加剧"。

爱慕之情互生。

于是，在"江湖侠义"幌子的遮掩下，陈家洛帮助霍青桐夺回了经书，而为了表示自己的感激之情，霍青桐则赠以宝剑。此时的陈家洛和霍青桐，已经将自己的情愫表现得一览无余，于是也才有了"赠剑"与"受剑"的定情之意。

但人生中事，向来都是难以预料的，谁都想不到接下来会有什么样的变故发生。

女扮男装的李沅芷跑出来将霍青桐一搂，让不知内情的陈家洛醋意大发，见这"少年"与霍青桐亲密异常，便误以为"他"才是霍青桐的"意中人"，又见这"少年"容貌俊美程度远胜于己，更生出了自卑之心。

陈家洛的这份心思，并没有逃过霍青桐的双眼，但在与陈家洛离别的时候，霍青桐并未点破，只是说："那人（李沅芷）是怎样的人，你可以去问她师父。"

但陈家洛终究还是没有去问李沅芷的师父——"绵里针"陆菲青，不是没有机会，只是觉得问起来可能让人觉得自己小气。

李沅芷喜欢着红花会的十四当家余鱼同，但余鱼同另有暗恋之人，而这丝毫不能让敢爱敢恨的李沅芷止步，反而是更加努力，万里追随余鱼同。后来，在周绮与徐天宏成亲当晚，李沅芷闯庄去见余鱼同，身为师父的陆菲青向陈家洛道歉的交谈中，陈家洛才"轻描淡写、似乎漠不关心地问了几句,其实心中已在怦怦暗跳,手心潜出汗水"。

其实,在西湖交手的过程中,陈家洛也已隐约看出李沅芷的真正身份,但是仍然无法消除心头的疑惑,直面自己与霍青桐之间的感情。

固然是李沅芷的无心之失,造成了陈家洛、霍青桐之间的误会,但真正让陈家洛无法直面自己与霍青桐之间的感情的,是霍青桐飒爽英姿、智计过人,巾帼不让须眉的"大女人"气势。

可见,陈家洛与霍青桐的爱情悲剧,其实不在于李沅芷的"一搂",其根本在于霍青桐太能干,让陈家洛不敢爱,从而当喀丝丽出现在他们中间的时候,陈家洛会选择喀丝丽。

霍青桐最后的结局是悲伤而遗憾的。她终抵不过所爱之人移情别恋的心累,抵不住一群男人冷眼旁观的质疑,抵不过解救族人大业的重压,她在一群男人或同情或冷漠或怜惜的情感中,吐出一口血来,终逝去了那曾美好的年华。这一口血,却又让我想起了林妹妹,只最后一声"宝玉,你好……"你好什么呢?你好狠?你好负心?你好冤?……宝玉好什么,我不知道,黛玉的不甘,却是清楚明了的。

倾城与倾国,佳人难再得。

一个女子,谁不想小鸟依人,被人疼惜;谁不想整日扶草弄花,浮生偷闲……偏偏要争那一口气,偏偏要伤自己那一颗心,偏偏要咬牙独自跪着前行,偏偏要行那男儿事。

不过,也偏偏是这些人,即使是不甘,即使是悲伤,即使是最终不甚完美的结局,对风花雪月中的过客来说,却独独成为一道风景。

不过,如果这道风景更懂得常青之道,这道风景也懂得吴侬软语,这道风景不那么锋利如剑,这道风景……会不会就不那么累。

到此,我终归也是想做一道风景的,或许,是一道不那么累的风景罢。

回忆的岁月里,我们放肆而乖张

怀念青春,只是因为曾经"糟蹋"过青春。

回忆是住着最美好的属于自己的地方。

窗外,淅淅沥沥地下起了小雨。

列车行驶过平原、河流、群山,来到山峦起伏的丘陵地带。

天空阴暗着,空气却格外清晰,和北方的雾霾天气形成强烈的对比。

耳机里循环播放着大学时代常听的几首歌:五月天的《倔强》,朴树的《那些花儿》,陈奕迅的《好久不见》……

这些歌,因为伴随了我的大学时代,于是也印上了青春和梦想的烙印，挥之不去。

有人说，音乐是有魔力的。它带我们回到遥远的过去，把模糊的面容变得清晰。

长久以来，我已经忘记曾经走过的路，那些充满希望、憧憬、迷茫和困惑的青葱岁月。我曾经以为，自己已经和那段时光告别，匆匆走向中年人的行列，一去不返。直到重新拾起这些歌，那时的感觉才重回心头。

火车拖着沉沉的喘息声，终于在我要抵达的地点——她所在的县城，停下了。

可是，雨，依然未停。

我撑着伞，踏入这个完全陌生的地方——陌生的环境，陌生的面孔，陌生的口音，陌生的一切，让我不知所以。我知道，这个地方不属于我。

直到她——我大学时代最好的朋友阿楠，出现在我的面前，我才在心中惊呼：我回来了！

对于心底泛起的这个"我回来了"的念头，我连自己都感到惊讶，但慢慢地理解了自己的这种感受。

这是一种近乎时空穿越的感受。这几年的时间，会让人忘记很多人，现在初见老朋友阿楠，我仿佛立时回到了过去，回到了自己的青春岁月。所以，我才忍不住在心里惊叹——终于回来了——那段最美好的时光，以及我的那些最美好的回忆，终于回来了！

这不只是一座城，一座城市之所以让人眷恋，全因为里面有眷恋的人。

于是，我瞬间想起了沉淀在脑海底部沉厚淤泥中的曾经的美好时光，那些一起追过的明星、共同喜欢过的隔壁班男生、曾经换穿的一条连衣裙，甚至宿舍某某君的小毛病……

我想象着见面后的畅谈，想象我们还像曾经一样的亲密。

怀旧是变老的象征。

似乎，我们习惯于怀念从前，是因为从前曾那么的美好！

那时，纯真的我们，曾许下的愿望、喜欢过的物什，甚至曾经的小恩怨，都像溪水里的宝石一样，晶晶闪亮。

怀念青春，只是因为曾经"糟蹋"过青春。

时间的流逝，往往会改变很多东西，而阿楠彻底打破了我的重重幻想。

来之前的电话里，我能听到她带着口音的普通话，只是有些沙哑。而当我把印象中的阿楠与眼前这个抱着孩子、体型发胖的妇人进行比对的时候，心中顿时充斥着莫名的失望感。

这还是我以前认识的那个，充满青春活力的阿楠吗？

我不知道该和阿楠谈些什么，便有一搭没一搭地询问了她近些年的情况，她的老公，还有她的孩子。甚至连我自己都感觉得出，这种询问，跟警察询问自己户口情况时的口吻，竟然出奇的一样，丝毫听不出有什么感情在里面！

时间拉远了我们之间的关系，让我们虽然认识，却已陌生。

看来，即便再亲近的人，也会慢慢输给时间。

似乎，时间同时改变的是我们两个。在她家的那几天，我每天都强作欢颜地与她一起回忆，但内心极度渴望远离，这种想法如此强烈，竟然让我时时走神。曾经无话不谈的我们，甚至还出现了很多冷场，实在是想不出要说些什么。

难熬的几天，就在被我们故意拉长的、断断续续的谈话中，过去了。我不明白，曾经的她为何变成这副样子，或许她也不明白，曾经"巧嘴儿"的我，不知为何现在如此沉默。

返程的时候，小县城仍然沉浸在一片风雨中，仿佛一对久别的情侣连续几日的依恋。

淅淅沥沥的小雨，耳机里让人怀旧的歌曲，以及脑海中的阿楠与眼前的这个妇人，我知道，我们再也无法回到过去，我心中曾经美好的阿楠，没有了。

明明应该放在记忆里珍藏的人，一拉到现实就只能灰飞烟灭。

听说，《大话西游》又要重新登陆院线了。

回观周星驰近几年的作品，无论是《功夫》还是后来的《西游降魔》，都充斥着他早年作品里的重要元素。

有人说，周星驰开始怀旧了。他带着大家，一起怀念那个曾经最好的周星驰。

但怀旧的，又何止周星驰一人呢？

如今大都市中的"70后、80后主题餐厅"，用怀旧的桌椅、儿时的玩具、各式各样的旧物件，以及类似选课的菜单，来吸引顾客，让在都市里打拼累了的人，重新找回年少时美好的回忆。

但细想起来，它们让我们回想起来的，都是曾经美好却又不太完美的青春故事吧！

青春里总是有太多遗憾，有太多没有完成的事情，可我们却再没有精力！

太多不了了之的感情，让曾经的我们毕业即失恋，得不到曾经共同追求的东西！

太多没有实现的愿望，停留在过去，无法成为现实，只触发我们的愁绪！

或许，最让我们难忘的，恰恰不是曾经的美好，而是不够好。

因为，记忆里的我们，本就没有我们想象中的那么好。

心理学家说，人会不自觉地在记忆里美化自己。

就是这样的吧！曾经贫瘠的物质生活，以及曾经不太美好的存在，都被我们的回忆淡化，可那些美好的事情，充满斗志、意气风发的我们，却被一遍又一遍地强化了。

我们所谓的怀旧，所谓对旧时光的怀念，无非是在怀念曾经"完美"的自己——现在碌碌无为的我们，曾经多么出类拔萃；现在无精打采的我们，曾经多么意气风发。

我们生活在自己的想象中，想象着如果自己曾经这么完美该多么好，我们用想象力，弥补着记忆的缺陷，把每一个人都雕琢得十分完美，然后保留在记忆中。甚至曾经的一段感情是多么让你糟心，回忆起来却无比甜蜜。

其实，我们又何尝不知，过去的我们并没有多么美好，只是被我们美化的一个影子。

无法改变的是昨天，能够改变的是记忆。

那为什么就不能让未来的我们，看现在的旧时光时，能看上去完美一些呢？

于是，我摘掉了耳机，看看窗外，不再想念过去。

只想安静地喝上一杯茶

每个人都在拼命向前奔去，可是前方空无一人，只有不死不休的攀比和欲望。

我喜欢喝茶。

孤独是时光的馈赠。

就像在玻璃杯里缓慢舒展开来的茶叶，芬芳自散，不屑花香。

也许有人会反驳我的说法，所引的论据也不过是城市人两点一线的生活，没有交际圈、生活乏味、工作劳累云云。

但是，反驳我的人，你真正了解孤独的含义了吗？

每天与自己相伴，风里来雨里去，形影相吊，这当然算得上是一种孤独，所以才让人觉得，没有人可以说知心话，没有人可以让你结束流浪的生活。这时候，你的心是孤寂的，所以自然也就充满了对未来的无限渴望。发展到一定的程度，这种无限的渴望，也就慢慢演变成个人的欲望。

充满了个人欲望的心，自然不是空的，自然也就无法再体会真正孤独的滋味了。

在那个特殊的年代，我们似乎变得不一样了，过去旧式的"三大件"到新式的"三大件"的转变，人们似乎都已经看到幸福的模样——一个建立在物化基础上的未来生活的样子。

但终究还是有些东西，是物化生活满足不了的，于是物质的极大丰富，并没有让人们感觉到更幸福，反而让人们的生活感受走向反面——幸福感日降，让几乎所有的社会阶层都感到了焦虑和不安，进而抱怨连连。

现代人好像显得很焦虑，很痛苦，每天来来回回，就像是卡夫卡笔下那只不知累地钻来走去的虫子。我们也的确像虫子一样，地铁里熙熙攘攘，每个人都在"赶时间"！但是，"时间"真的是"赶"出来的吗？

千百年来，佛道文化一直浸淫着人们的灵魂，甚至一度左右过某个封建王朝的走向。尽管如此，细究起来，其实国人并不是完全信奉，不然，也不会有"临时抱佛脚"这个俗语，而是真正地信奉神灵、普度众生了。

物质的丰足才会更显得心灵无处依傍。

我又想起了一则墨西哥的寓言故事。

一群人都在急匆匆地赶路,其中的一个却突然停了下来。同行的人感到很奇怪,便问那个停下来的人:你为什么停下来了呢?

停下的人一笑,答道,我走得太快了,把灵魂落在后面了,所以我要停下来,等等它。

一群人又有了说法,说我们走得太快了,要等等灵魂。

不过,我们要等等灵魂的话,谁又来等等我们呢?我们到底是自己想要跑得那么快、那么远,还是不得不这么做呢?

每个人都在拼命向前奔去,可是前方空无一人,只有不死不休的攀比和欲望。

辗转在谁的天涯海角

牵挂不是负累,是走累了后的唯一目的地。

在黄金森林,精灵女王凯兰崔尔说,再卑微的人,也有改变世界的可能。

生活中也有很多人,他们没有华丽的言辞,却以行动诠释着自己的梦想,默默地改变着。

很多人终其一生都在辗转反侧,想要寻找那颗北极星。不过,他们要找的是星空,看星空的人却有很多,天涯海角,不是只有一个观望者。

我很喜欢乘坐火车旅行,即使是在接受出差任务去往西部的时候。

我曾跟随在城市工作的大姨生活过很长时间。大姨和姨父在铁路上工作,所以我那个时候的记忆,很多影像都与铁路有关。

火车车厢是个非常特别的场所,不管是贫富、男女、老少,也不管胖瘦、高矮、南北,一条铁路线连接了几乎所有人都能去的地方。

在几十分钟至三两个小时甚至是更长的时间里,你可以选择与相对、相邻而坐的人谈天说地,说古论今,也可以选择静默、小憩、读书、看窗外的风景,什么都可以做,什么都可以想,此刻的自由是你自己的。

一次,在出差回来的路上,我的对面坐着一个阳光但稍显疲倦的小伙儿,穿着一身的户外行头,像是刚刚结束一次长途旅行。

待得久了,也就慢慢攀谈起来。小伙儿虽显疲惫,但仍然谈兴很浓,说到他去过的地方,路过的风景,见过的人,发生过的故事,以及一群让他始终无法割舍的"他的孩子"。

我很想知道,到底是群什么样的孩子,竟然让他这个生在东部沿海城市的小伙儿，如此挂念。他这般年纪的人，应该是朝九晚五，与恋人花前月下的好时光，不该是这一脸的疲惫。

太阳落山了，金黄色的余晖洒在车上，大地上，洒在一切没有被遮挡住的物体上，也透过车窗，照在人们的脸上、身上。

对坐闲聊了一个下午的我们，此刻也置身于这金黄色的余晖中。此刻相望无言的我们，一齐将目光转向车外，看着车窗外的一切都披上了华丽的外衣，顿时心中暖融融的。

下车换乘的时候，我们互留了联系方式，约定到他下次进山的时候，一起去山里看望那里的孩子，那群让他牵挂，让我好奇的孩子。

事情不总是按着人们期望的那样发展，就像我计划与他一起去西部这件事。

其实，人生又岂能事事顺利呢？

我们总是被很多看似无关紧要的事情牵绊着，比如工作、生活，但我们仍然需要付出努力，去做一点点改变，哪怕是微乎其微的改变。

那次分别之后，小伙儿果然给我发来了两次邮件，详细列出出行的计划等。当时，我的工作和生活都陷入了比较混乱的状况，哪有时间脱开身去想旅游的事情，所以也就非常抱歉地婉拒了。

在那之后，我很久都没有接到他的电话、邮件，打电话过去又一直是忙音，心情始终是惴惴的。后来，再接到电话的时候,时间已经过去一月有余。

电话中得知,他的家里发生了一些变故,所以一个多月没有音信。最近正在计划新的出行,眼见就要天寒了,去给山里孩子送些御寒的东西。

我终于可以释然了,牵挂这么长时间的心,终于可以放下了,不过又马上提了起来,那群山里的孩子,是不是也在热切地牵挂着小伙儿,盼望他的到来呢?!

请假、准备、登车,终于在约定的时间,赶到了西宁,然后再在那里搭车,与小伙儿一起去看望他的孩子们。

走过一天多的山路之后,我们终于来到了那处处在山谷中的小学,见到了那群让他日夜牵挂的孩子。

我们的到来,让山里的孩子们变得非常兴奋,他们纷纷拥在我们的身边,以最热切的欢迎方式,迎接我们的到来。

山村里的夜来得特别早,而且没有什么娱乐的项目。周围除了兴奋的孩子们,也就再没有别的可供认识的人了。

我们燃起了一堆篝火,一个小男孩拉着我,有一句无一句地问外边的世界,问山外城市的样子,甚至还说出来一些普通山里孩子不可能知道的事情。

我惊讶于他的这种表现,问他是从哪里知道的这些事情,他扬起手指了指坐在火堆对面的小伙儿,就是他告诉我的。于是我又释然。

接下来与小男孩的对话,更让我感到惊讶。问他是不是想看一看山外的世界,他说想。问他是不是想现在就去,他却坚定地摇摇头,说他要努力学习,将来考到山的外面去。

此刻,坐在我对面的小伙儿,正认真地听着孩子们夹杂口音的话语,他用自己的绵薄之力,向孩子们传递着希望的力量。他曾说,我就像一只小蜗牛,慢慢地走,也总能做些什么的。

人生性自私,所以命运一定会让我们牵挂些什么。

牵挂不是负累,是走累了后的唯一目的地。

丑小鸭,其实你很好

我要做我自己,不以任何人为参照物。

十八岁的时候,我最羡慕的人就是我的堂姐。

每个女孩在成长的过程中总有一个无法打败的敌人,她像一面永远沾不上灰尘的镜子,时时刻刻提醒,你的卑微你的不足。

堂姐就是我的那面镜子,她越是光鲜亮丽,越是衬出我几乎低进尘埃里的卑微。

她生得好看,大伯和大伯母最好看的眉眼全部遗传给了她,大大的眼睛一笑起来好像装得下世界。连作为女生的我都曾经无数次地在那双眼睛的注视下紧张得失语。堂姐的嘴抿起来是好看的心形,连妈妈也经常感叹,的确是没有争议的美丽。

有了这样的对比，本就普通的我在反衬下显得更加不值一提。人们的视线自然而然只会聚焦最美好的那一个。

偏偏大伯家的家庭条件也是整个家族里最好的，当我还缠着妈妈要玩具的时候，堂姐已经在大伯母的带领下去各个省市领略不同的风土人情。

人们往往以为相貌靠天生，殊不知，真正的女神是靠时间和精力养出来的。

堂姐几乎成了我整个青春期的阴影。

隐隐约约、难以启齿的嫉妒也成了青春期长久困扰我的情绪。

堂姐品学兼优，稳稳当当地考上最好的大学。青春期的她出落得更加漂亮，笔直修长的双腿藏在做工精良的短裙下，气质卓然，不轻不重的笑容更是恰如其分，连日月都失了魂。

而当时的我正在矫正牙齿，根本不敢咧开嘴笑，生怕露出一整排的小钢牙，黑框眼镜架在鼻子上看起来又傻又呆，因为妈妈每天的爱心鸡汤，腿看起来硬生生地粗了好几圈。

如果说堂姐以前只是我心生向往的美梦，那后来，就几乎变成了我逃也逃不开的噩梦。

我开始有意地模仿她。

我太渴望那些光芒了，我羡慕那些好看的男孩子直直投向堂姐的目光，羡慕逢年过节亲戚对堂姐不绝于耳的夸奖，羡慕堂姐不费吹灰之力就能取得的好成绩，羡慕她拥有的一切。

可是，不是每一只丑小鸭都能变成白天鹅。

我开始为了减肥绝食，却因为胃溃疡住进医院小半个月，本来不够拔尖的学业落下一大截。我强行取下牙套，却被妈妈发现差点挨揍，我学着穿高跟鞋，歪歪扭扭不但走不出好看的女人味，还扭了好几次脚。

我终于明白：

丑小鸭就是丑小鸭。童话书都是骗小孩的。

释然后的我眼里好像不再出现一直困扰着我的堂姐的影子。

我砸碎了这一面虚假的镜子，终于决定堂堂正正地面对自己。我要做我自己，不以任何人为参照物。

在堂姐去国外留学期间，我考上了一所不算太差的大学，我没有蓄曾经最羡慕的大波浪卷发，还是一头清清爽爽的短发，却开始有眉目俊朗的男孩子对我说，你真好看。

我还是没学会像堂姐那样弹那种三角钢琴，比起轻音乐，我更喜欢激烈的架子鼓，有人找到我请我参加演出，穿上好看的演出服，我突然认不出自己。

那是一个好看的姑娘，她在对我笑。

我开心地和她拥抱，真好，现在的自己。

结婚后我带着老公参加堂姐的第二次婚礼，这些年来我们断了联系，只是听闻她的日子过得不甚顺心，婚姻出了问题，看起来老了一些。只是美人始终都是美人，眉眼还是美。

我开玩笑地问身边埋头苦吃的丈夫，堂姐比我美多少。

老公咀嚼着食物反过来问我，堂姐长什么样？只顾着吃，忘了看。

我失笑，突然想告诉曾经在自卑中恨不得把头埋进尘埃里的自己：

丑小鸭，也可以发出自己的声音，她说你很好，你听见了吗？

第七章　从来没有太晚的开始

【若没有一个完美的开始,就守住一个认真的告别。】

懂了花，无关乎是否灿烂

实在放不下的情感就带着继续往前走吧，也没有多重，何必那么苦痛。

一声再见，一声珍重，是那么难，那么忧伤，没有挥一挥衣袖的从容，没有不带走一片云彩的淡然，让人似乎与欢喜告别。

我爱花，所以也爱上了花开花谢，不只是珍爱它那一片灿烂的风光，也学会了接受残花凋零的悲伤。因为，我懂它。

生命有无法承受之轻，告别也有无法承受之痛。

有些告别就好比小河的淙淙，细水流长，缓缓流过，舒服而又有丝忧伤；有些告别则犹如油尽灯枯的生命，越是微笑，却又显得越发绝望。

人们总喜欢在舒服中强装难过，人们又总喜欢在绝望中扮演洒脱。

小艾是我高中时的一个姐姐，和我同级，但比我大上两岁，心思很细腻，对我也很好。

高三的时候，小艾在校外住宿，由她的母亲照料生活的一切。每天早上,她都会把我叫到学校的长廊,拿出一大块猪肝,递到我的面前,对我说:"赶快吃了。"

心细的人是最苦的,因为拿得起,却放不下。

心细如发固然能品味许多细致的感动,可是一旦受伤,也就是万劫不复。

小艾有一个男朋友,长得一般,但是能说会道,很得女孩子的喜欢。在花丛中飞舞的蝴蝶,怎么会为某一朵驻足停留。

高三临毕业前,小艾把我拉到了她的出租屋里,哭得不能自已,只因为男朋友要和她分手。我不知道该如何安慰她,只能默默地坐在一旁,帮她一张张地抽纸巾、递纸巾。

哭完之后,小艾红肿着眼睛,收拾着小物件。我说:"你这是做什么?"

她答道:"既然分开了,这些东西还是物归原主吧!"

下午,我陪着小艾来到她男朋友的教室门前。她男朋友出来了,眼睛盯着小艾手里的箱子。

小艾久久地站在那里,一句话也不说。

眼看着这个男生有些不耐烦的神色,我走上前去,"这是你送给小艾的东西,现在还给你。"

那男生接过东西,转身走回了教室。

下楼的时候,小艾的眼泪又止不住掉下来,"我本来是想说再见的。可是我就这么没出息,怎么也说不出来!"

爱情总喜欢在人的喉咙里埋下噬苦因子的种子,当热恋甜蜜的时候,偶尔冒出的一点苦楚,也会被噬苦因子吞了去。但当热恋的甜蜜不再，甚至是失恋的时候，心中涌出的苦，便让噬苦因子疲于忙碌，活活累死。

当心中的苦都堆积在喉咙，却又无处可去的时候，再如胶似漆过的男女，也说不出那两个简单的字，只能默默转身，各走各的路。

也许这个时候，人们才会发现，原本美好的爱情，竟然也这般可恶。

爱情就像吃到变质的食物，吐出来就可以。

"老大的父亲去世了。"暑假的第二个星期，我收到了鞋托的短信。老大是我高中时候的另外一个好友。

我呆呆地坐在沙发上，手指按着键盘，打了又删，删了又打。我望着手机上老大的头像，心里不知是何滋味。

老大是东北人，性情豪爽，为人真诚。出了问题，老大一句话总能够说到点子上，让我们这些六神无主的小妹妹很是依赖。

老大很有明星相，别人说她长得像金泰熙，但是我觉得她比金泰熙更漂亮。

老大兄妹三个，她是最小的一个。她总说自己的到来是一场意外，因为是在她的母亲绝育之后怀上的，也算是个传奇的人了。

老大是一个恋家的人。在宿舍的时候，她每天晚上都会絮絮叨叨地与她父亲、母亲通个电话，时间或长或短。

我们所有人都知道，她很幸福。

可是幸福有时候只是假象，剥开来，看到猝不及防的悲伤。

开学之前，我们姐妹几个商议，在老大面前不要提"父亲"这个字眼。可是，我们不知道，越是小心翼翼地掩饰，就越像暴露在阳光下的无形伤口，看似很遮掩，其实仍然在火辣辣地疼。

老大回来了，她剪掉了直发，换成了黄色的卷发，整个人显得成熟了许多。我们不提那件事情，她也不说。

只是，人在痛苦的时候，是最难遗忘的。

夜深人静的时候，老大会用被子蒙住头，偷偷地躲在被窝里哭泣，以为这样就能骗过我们，可她忘了我们都是一群"夜猫子"。

第二天，她不说，我们也不问。

就这样，足足过了一年多的时间，她的哭声才算是消失了。可有时候听她跟家里人打电话，还是会听她哭着说："都一年了，我还是无法接受。"

"决定了？"镜子问小颖。

"决定了。"

"你不是最喜欢画画吗？"

"我不能这么自私。我父亲要看病，需要很多的钱。"

"那你想做什么？"

"打工赚钱。"

"那你舍得吗？"

"舍得，我已经做好准备了呀。"

"既然舍得，你怎么哭了呢？"

"我没哭，我的眼睛只是有些难过。"

"难过什么？"

"大概是不知如何和画笔告别吧！"

有一种告别很无奈，明明知道是错的，可又不得不这样走下来。

失恋之苦，死别之苦，梦想之苦，这"三苦"是我认为的告别中无法承受之痛。人们承受得了相恋，却接受不了失恋；人们都欢喜着生，却无法坦然地面对死；人们能够坚守梦想，却无法将其放下。

实在放不下的情感就带着继续往前走吧，也没有多重，何必那么苦痛。

一种开始，等不到告别

人生中最美好的日子，如果不放肆一点，就对不起自己。

有些人生活在一个围城里，行动轨迹便是从一个围城跳转到另一个围城，用绳线将自己紧紧地束缚，用时光将自己紧紧地圈住。

别人看着很累，而他却乐此不疲。

他们注重结果，他们不肯接受以省略号结尾的生活，凡事都想要问出个结果，无论是爱情、友情还是亲情。如果没有了结果，他们就好比无脚的鸟儿，不肯停歇。

亦舒说，人生中最美好的日子，如果不放肆一点，就对不起自己。况且，将来老了，也没有闲聊的题材了。

可有一部分人不这么想，他们宁愿被圈在一个小圈圈里，从起点走向终点，从终点走向起点，不知疲倦地走着、走着，直到孤独地老去……

《霸王别姬》里面有一句我最喜欢的台词——一辈子，差一年、一个月、一天、一个时辰，都不算一辈子！

这是蝶衣在化妆间里对师哥小楼说的话，也是"真虞姬"对"假霸王"说的话。

小楼说，蝶衣，你可真是不疯魔不成活啊！那可是戏！

是啊，那可是戏！可蝶衣在戏里是虞姬，到了戏外就成了众人眼中的"疯子"。他注定要生活在舞台上，不要走下来，不要走进喧闹的人群中去，否则那样的孤独，他受不了！

我认识她，是一次巧合。

苏伯伯是我爸爸的朋友，也是一位心理医生。有一次，我去医院给他送水果，那是我父亲特意从老家带来的，恰巧苏伯伯有点小事要出去，说好一会儿就回，便让我坐在办公室里等他。

正无聊时,一个二十多岁的女孩走了进来,站在门边,一副怯生生的样子。

我说道:"苏医生出去了,如果你有什么事儿,可以进来等他。"

她听罢,便轻手轻脚地走了进来,径直坐到了靠门边的位置上。双脚并拢,双手紧握,似乎很紧张的样子。

她说:"我母亲生病了,我来找苏医生。"

时间一分一秒地过去了,却仍然不见苏伯伯的影子。我有点着急了,"那你看看其他医生在不在,苏医生不知道什么时候才能回来呢!"

她摇摇头,说:"不用,我就找苏医生!"

坐着无事,我便自作主张地打开箱子,拿了一个苹果给她吃。吃了一半,她停了下来,把剩下的一半放在桌上。

我问:"怎么不吃了?"

她说:"给我妈留着。"

我笑了笑,说道:"没事,你吃吧,等你走的时候,我再给你拿两个。"

这下,她才放心地吃起来,一副很高兴的样子,完全没有了初来时候的拘谨。

又等了一会儿,苏伯伯终于回来了。

苏伯伯看到她,先是一愣,后又笑眯眯地说:"妈妈又生病了吧?你先回去看着,我一会儿就过去,好吗?"

那女孩腼腆地点了点头。离开之前,我拿了几个苹果塞到她的手里，说："给你妈妈吃。"

她走后，苏伯伯给我倒了一杯水，便坐了下来。

我说："那个女孩挺孝顺。"

苏伯伯叹了一口气，说道："孝顺有什么用？晚了！"

我疑惑地问："为什么？"

苏伯伯扶了扶鼻梁上的眼镜，说："这个女孩有些精神分裂，她母亲都去世两年了，她还认为母亲活着呢！"

这个女孩名叫潘雪，很美的名字，正像她秀丽的外表一样。只是我没想到，看似与常人无异的她，竟然是个精神病患者。

就在两年前，刚刚大学毕业的潘雪与男朋友合开了一个小工作室，勉勉强强地维持生活。后来，潘雪的母亲生病住院，而她手头上正在赶一个项目。于是，潘雪便想着等手头上的项目处理完，再回去看望母亲。

没想到这几天的耽搁，便错过了与母亲的最后一面，也耽搁了她自己一辈子。

潘雪固执地认为母亲没有死，因为在她还没有和母亲告别之前，母亲是不能死的。结果，男朋友离开了她，给潘雪家人留下了一笔钱，任由家人将她送到了苏伯伯这里。

面对心有执念的潘雪，苏伯伯也感到棘手，便顺着潘雪的心意，专门腾出一张病床，让潘雪成天地守在那里，就像是守在母亲的病床前一样。

于是，潘雪成了这家医院里最特殊的一个病人。

苏伯伯说完潘雪的故事，又转向我，颇显得语重心长，"你们这些年轻人啊，一门心思地只知道在外挣钱工作，却忽视了渐渐老去的我们。要知道，你们在慢慢长大，而我们却在慢慢变老！唉，算了，还是一起和我去看看她吧！"

走到她的病房，她正拿着苹果静静地站在床前，双眼望着空空的床位，嘴里嘟囔着："妈妈，你别睡了，起来吃个苹果吧，很甜的！"

苏伯伯见状，说道："潘雪，你妈妈睡着了，等她醒了之后再吃吧！"

她转头看到我，有些开心地说道："你也来了，快坐！快坐！你给的苹果，我妈妈非常喜欢吃。"

苏伯伯也装作看病的样子，对着床上的被子左看看右瞅瞅，说道："潘雪，你妈妈没什么大碍，你不用着急，睡一觉就好了！你妈妈可离不了人，你可不能乱跑啊！"

潘雪一听妈妈没事，高兴地拍手道："好好，我绝不乱跑，医生，谢谢你，等我妈妈醒了，我去给你道谢！"

苏伯伯回应道："行，我就等着了！"

出来的时候，潘雪一直站在病房门口目送我们，目光单纯而又坚定。

我知道，她在等一个告别，是和妈妈告别，可她终究是等不到了。

有一种开始,是等不到告别的。毕淑敏说,我们在人海茫茫世事纷繁中无暇多想,总以为母亲会永远陪伴在身边,总以为将来会有某一天,让她将一切讲完。

仓央嘉措也说过,好多年了,你一直在我的伤口中幽居,我放下过天地,却从未放下过你,我生命中的千山万水,任你一一告别。

但我不赞同这般的执念,用尽了自己的一生,最终也苦了别人。

有时候,我们倒不如自然地接受,接受那没有来得及的告别。忍一忍,痛一痛,也就算是过去了。

没说完温柔,只剩离歌

我们要有一个完美的告别,告别过去的一切,才能够迎接新生的开始。

也许,看到你最后面容的人,并不是你的亲人。

这让我想起了信乐团《离歌》里的一句,"想留不能留,才最寂寞,没说完温柔,只剩离歌"。

又有多少人是在最后一刻才有那"没说完"的"温柔"呢?多的都是那"只剩离歌"的苍凉罢了。

其实，死亡没有我们想象的那般可怕，迈过死亡的大门，把门关上，门外又是另一番别样的风景，另一段人生。就像《入殓师》中男主角小林大悟说的那样："让已经冰冷的人重新焕发生机，给他永恒的美丽。这要有冷静，准确，而且要怀着温柔的情感，在分别的时刻，送别故人。"

只是，人终归是脆弱的，很难做到来时如何、去时也如何的潇洒。人们总希望以最好的面目回归，就好比人总希望能衣锦还乡一样。而到了最后的结局时，总要收拾一下自己的脸庞，让那张历经沧桑抑或是意外而亡的脸庞，能映现最精致的面容，让自己保持最优美的姿态，走过那扇门，走入另一种状态。

你看，死亡也是一种开始。

静姐是我亲戚家的一个姐姐，只是这个姐姐有些特殊，除非逢年过节，否则她是不会主动和人见面的。因此，在我至今的有限生命里，见到她的次数也屈指可数。甚至在我很小的时候，家里还出于避讳的考虑而不让我见她。

之所以会这样，并不是因为姐姐这个人，而是因为她的职业——专业入殓师。

听我母亲说，静姐之前是学护理的，毕业后只能做护士，但护士的工资并不高。再加上她家里还有一个智障的弟弟需要照顾，所以她便毅然决然地放弃了护士工作，转而迈入工资较高的入殓师职业。

她母亲曾经劝过她很多次，可她就是不听。就这样，一些亲戚知道了她的职业后,也不让自家的孩子接触她。毕竟,一个双手沾满死气的人,怎么说也是有些不祥的。渐渐的,静姐知道了自己的尴尬位置,便在过年过节之外的时间,回避家里的亲戚了。

后来,静姐到了说亲的年龄。她母亲让她谎报职业,希望她能够找到一个好婆家。可她就是不同意,结果可想而知,每一次相亲都因为自身的职业告吹。无奈的她,只能退而求其次,嫁给了一个离异的中年男人。

那个男人是法医,至少从职业角度讲,两个人倒也般配。

十八九岁的时候,我看了日本的一部电影《入殓师》,便对入殓师这个行当充满了好奇。在我的软磨硬泡之下,母亲才同意我去拜访静姐。这个时候,静姐已经有了一个两岁的宝宝。只是,宝宝被长期寄养在她的婆婆家,由孩子的爷爷奶奶照看。

静姐在沙发上铺了一条新毯子,让我坐在毯子上,而静姐则坐在离我两米远的沙发上。她指着一旁的饮水机说:"饮水机下面有新买的纸杯,渴的话自己倒水喝,我就不帮你了。"我知道她的职业,所以也并不在乎这样的"待遇"。

我说:"静姐,能不能给我讲一下你的职业?"

静姐对我的请求倒是颇感意外,明显地一愣。或许,她从来没有想过,会有一个人主动问起她的职业。

静姐双眼有些放光,"你真想听这个?"

我看着静姐的眼睛，"静姐，我今天来这里的原因，就是想了解一下你的故事。"

静姐听后，沉吟良久，才缓缓地说道："我们这个职业的特殊性你应该是知道的，很多人都避讳这个，我儿子两岁了，可作为他的母亲，我见他的次数，也是扳着手指头就能数过来的！"

我问："家里既然不同意，为什么你还要一意孤行呢？用自己的职业消耗掉和家人相处的时间，值吗？"

静姐说："没啥值不值的！刚开始的时候，就是为了多赚点钱，可现在是真正喜欢上了这个职业。有些时候我也不明白，每个人到了最后，都会和入殓师有亲密接触，可活着的时候，却偏偏回避这个问题，就好像自己永远不会走这一关似的。"

我接着问："难道你不害怕吗？"

静姐说："害怕！当然害怕！刚开始的时候，还有师傅带着，后来自己就单枪匹马地上阵了。等门一关闭，整个房间只留下你一个人和一具等待整理的尸体，那种感觉不是什么人都能体会得了的，也不是随便一个人就能忍受得了的。那时候，连我的心都是冰凉的。记得第一次上阵，我竟然哆哆嗦嗦地在遗体旁边站了半个多钟头，愣是没敢下手。后来还是师傅三番五次地催促，才胆战心惊地上阵。那段时间，饭吃不下，觉也睡不着，很受折磨。"

我又问："那你后来是怎么克服的？"

静姐说:"后来,我就和死者的家属聊天,听他们生前的趣事,听他们的故事。这样,我再和他们独处的时候,就感觉在我眼前的并不是一具冰冷的尸体,而是一个有故事的人,只不过是睡着了再也没法醒过来的人罢了!这样想着,我的恐惧也就弱下去了。"

"有什么特别的仪式吗?"

"当然有。在动手之前,我们会给遗体三鞠躬,代表我们对遗体的尊重。他们一个个都像是等待着我为他们收拾行装的旅者,等待着我为他们画上最美的妆容,然后再送他们从'死亡之门'迈向下一段新生。"

我听了之后,不禁有些感慨:"众人都恐惧死亡,可是很少有人知道,死亡就是一扇门。门这边是让人撕心裂肺的哭声,门那边却是温暖明媚的光明。"

聊着聊着,竟然没觉出时间的飞逝。中午时分,静姐起身想要叫些外卖过来,却被我阻止了。我说,想尝尝静姐亲手做的饭。

我记得,做午饭和吃午饭的时间里,静姐的脸上始终洋溢着笑容。

既然这条路,每个人都逃脱不掉,与其自欺欺人,倒不如坦诚相待呢!

死亡是一件很正常的事情,也是一件很普通的事情,可是太多的人都忌讳死亡,回避死亡,却不知道无论你如何回避、怎么逃脱，都终究改变不了人生的走向。

就像青年是童年的告别，中年是青年的告别，老年是中年的告别一样，死亡是老年的告别，是人生的最后一次告别。

我们要有一个完美的告别，告别过去的一切，才能够迎接新生的开始。

不忍放下，不求放下

有些事情，明知道没有结局，却还是要翻越千山万水，只为求得心里的一丝安慰。

有些人，明知道是错的，却还要一直坚守下去；

有些爱，明知道是没有结果的，却还要一直等候；

有些事情，明知道没有结局，却还是要翻越千山万水，只为求得心里的一丝安慰。

人便是这样，即便已经知道一个所以然，却也放不下心中的执念，不忍开口道声"再见"，更不忍心挥手告别。

很少有人能做到徐志摩的潇洒，像他那样，只"挥一挥衣袖"，便将过去的一切不愉快全部付之风云。不仅不会，甚至还有人专门将它们放在心底，放在别人难以找寻得到的角落，只供自己再拿出来浏览，刺痛了自己，也遮住了阳光。

还是放下吧，放下多好，心轻松了，人自然也变得轻松了。

可是他摇头，摆摆手：放下容易，可是再想拿起来就难了。

有人说，拿着虽然疼痛，可是放下却感到无比的绝望。既然这样，那就痛着吧！毕竟还能感受到疼痛的身体，比一具麻木了的躯壳要强得多。

有人又说，放下之后的日子会郁郁寡欢，会为了一首歌、一句词而泪流满面。既然这样，那就拿着吧！

放下的目的是让人学着长大，是给心灵放个假，既然做不到这些，就不如不放下。

这让我想起了曾经遇到的一个人。他是一个名不见经传的歌手。初见时，是在一家影视公司，当时他正好前来应聘。

他长得很像一头精灵的小鹿，那就暂且将他称作"小鹿"吧！

朋友邀我一起参加了对小鹿的面试。出于对影视圈的好奇，我便充当了一回"专业人士"，跟在朋友的屁股后面，听着这个大男孩的故事。

他说他在家静养了两年。

两年前，他被一个所谓的朋友骗去一百万。他伤心不已，伤心的不是损失了一百万，而是他自以为牢不可破的友谊被这一百万收买了。

在家静养了足足两年时间，他才又重新振作起来，踏入演艺圈。

朋友问他："那你忘掉这件事情了吗？"

小鹿说："没有，我为什么要忘记呢？这也是我经历的一部分啊，我已经把它刻在我的心上，把它悬挂起来，当作是一笔让人啼笑的财富吧！"

我的朋友又继续问："如果你没有忘掉这件事情，那你如何从这种伤痛中走出来呢？你又如何调节自己呢？"

小鹿笑了笑，说："这种伤痛我已经花了两年的时间去治疗，我已经将它消化在我的血液中了，它只能激励我，让我避免无谓的伤害。"

朋友又问："如果，我是说如果，现在又有一个朋友向你借钱，你会怎么做？"

小鹿说："应该还会借给他吧！"

我不忍朋友的连续"拷问"，因为在一个文字工作者看来，这样去揭一个人的伤疤，是一件很残忍的事情，即便这个伤疤是他主动展示出来的。

我接过话茬："你今年多大了？"

听这问题，就不是一个业内人士应该问的问题。但他还是回答了我："二十四。"

对此，我有些愕然，想想他被骗的时候也只有二十二岁，难怪他会郁郁寡欢了两年。这般年纪的人，能够从如此大的伤痛中重新振作起来，实属不易，就不要再奢望他能够全然放下了。

最后，小鹿通过面试，成了朋友公司旗下一位影音双栖发展的艺人。如今，这个可爱的大男孩已经出演了一部电影，还上了院线。我听到此事后非常高兴，还曾包场请我公司的同事们一起观看，一是为了我的朋友，二是为了那个大男孩。

电影的反响不错，票房也很高。

电影下线后，朋友邀我参加了一场聚会，与会的大多是他公司旗下的艺人，只我一个人算是"外来户"。在这场聚会上，我又见到了小鹿。

和第一次相见时一样，他那双忽闪忽闪的眼睛，仍然很是有神。见到我，他笑了笑，走过来打招呼："那天，我还以为你也是我们公司的呢！"

我举了举杯，"我只是个外围人物而已，入不了演艺圈的。"

他笑着回应："如果你要能进演艺圈，肯定是女一号。"

我也打趣道："难道我很能演吗？"

没想到这句话，却把他臊得脸部通红。我笑了笑，心想：真是一个不经玩笑的孩子。

他低着头，像是犯了大错似的，"你应该知道，我不是那个意思。"

我忍不住大声笑了出来，"你真是太单纯了，也难怪你那个混蛋朋友能够从你这里骗去一百万。"

说出去的话，犹如泼出去的水，却是想收也收不回来的。

我小心翼翼地观察着小鹿的脸色，见没大异常，才长长地吁了一口气。

小鹿抬起头来，笑得很坦然，"姐，你还别说，有时候我还真挺感谢这段经历的。"

这下,轮到我茫然了。

他接着说道:"姐,你不知道,其实演艺圈里的生活真的很压抑。有时是有原因的压抑,大多数时候却是无原因的压抑。有了压抑无处发泄,就会把心憋出伤来,每当这个时候,我便会给自己找到一个理由,把这段往事再翻出来伤心一番,把内心的压抑变成悲伤发泄出去,心也就明朗了许多。这样的次数多了,我就觉得,它好像就只剩'发泄通道'这么一个作用了。"

是啊!有些事情,如若真的不忍心放下,那就不如把它们打个包,放在心底最隐蔽的角落。或许在某个时段,它们反而会成为拯救自己心灵的良药,心灵的"净化剂"了呢!

想想,这样其实也不错!

真 爱 · 珍 爱

有些人却误将错觉当成了温暖的灯,而且这一坚持就坚持了十多年。

生命中从未有过公平,有的只是在努力趋于公平。

爱情中也从未有过公平,有的只是努力地假装公平。

有人说,在真爱面前,总会有很多自欺欺人的人,他们将孤独看作是坚守,把错觉当作是守候。而坚持到了最后,终将与那人执手,才蓦然发现,之前所做的一切似乎并不是为此而准备的,于是便又分手、告别。

毕淑敏说,在生和死之间,是孤独的人生旅程。保有一份真爱,就是照耀人生得以温暖的灯。

只是,有些人却误将错觉当成了温暖的灯,而且这一坚持就坚持了十多年。

我大学宿舍的老四,是个很安静的女孩,完全不像二哥那样外向,那样疯癫。老四的名字叫作小诗,叫的时间长了,小诗也就慢慢成了我们口中的"小四"。

小四长得非常干净、清秀,慢慢地发现,她的心里还住了一个人,甚至就连她自己也这样认为。难怪小四到了二十几岁的年纪,竟然连一次恋爱都没谈过,被我们几个奉为宿舍的"国宝"。

后来,我们慢慢地知道,占据了小四的心的那个人,名字叫作萧炎。

萧炎曾往我们宿舍打过几次电话,通常都是以同样的问句开头:"诗诗在吗?"

通常,我们都会嬉笑着答道:"诗诗在,你等着。"然后便故意"诗诗""诗诗"地叫喊起来。这个时候,小四都会飞快地从上铺爬下来,趴在宿舍的话机上,对着话机那头,甜蜜地叫上一句:"萧炎。"

那个时候,我们都说:"即便你们俩现在没有确定关系,那我们也帮你认定他了。"

对于仍然青涩的我们，初恋的滋味或许是最难以忘记的吧！

萧炎是小四的初中同学，也是小四在那一时期最看重的朋友。

小四说："我上初中后认识的第一个人，便是萧炎。"那个时候，萧炎充当了小四的"护花使者"，帮着小四打饭、盛汤，对小四百般照顾。

只可惜，因为家里的缘故，小四一年之后便转学到了外省，没有告别，没有话语，自此二人失去了联系。可是在小四心里，她一直放不下萧炎，只感觉欠了对方一个解释。

于是，在学习稳定下来之后，小四便千方百计地打探萧炎的电话和地址，最后在一个朋友的帮助下，算是和萧炎取得了联系，虽然断断续续，很少联系，可终究是没有再断开过。

上了大学之后，小四便在第一时间将我们宿舍的电话号码告诉给了萧炎，二人复又保持了先前的状态。

那个时候，几乎所有人都认为，这就是天造地设的一对，甚至连小四自己也这么觉得。

毕业之后的第一个年假，家里给小四安排了相亲。原本是不想去的，当得知对方是自己的初中同学时，小四的心思又活了，再听到对方的名字时，她的心彻底雀跃了。对方不是别人，正是萧炎，这就更像是被命运安排的一场戏了。

相亲过程出奇的顺利，两个人顺理成章地走到了一起。

小四很快就在圈里公布了这个好消息，惹得我们都为之鼓掌庆祝。意外谈不上，毕竟是经过那几年的熏陶，我们早已把萧炎当成了"自己人"。

年假过后，宿舍的几个姐妹便商量着聚会的地点。小四说："在北京上了四年大学都没去过三里屯，就定在三里屯吧！"

见面之后的第一个热点话题，自然离不开小四和萧炎。

面对我们对她和萧炎进展的询问，小四反倒是不紧不慢的样子，一边喝着咖啡，一边用双眼迎接我们的眼神，脸上看不出一丝波澜。

等我们抛出所有的问题后，小四很平静地说："来之前，我们已经分手了。"

"怎么可能？"我们本能地做出了反应，伴随着脸上的惊愕表情。小四恋了他那么久，怎么可能没谈两个星期就分手了呢？

我问："谁提的？"

小四依然是一副悠然的态度，"我们达成了共识！"

老二快人快语："你们两厢情愿到现在，好不容易在一起了，怎么说分手就分手了呢？"

小四搅拌着面前的咖啡，"直到前两天，我才算是看清了自己的内心。我根本就不喜欢他，或者说，不像男女之间那样的喜欢。"

我又问："你是怎么发现的？"

小四说："当他牵着我的手时，我心里感觉到的不是欢喜，而是抗拒。我并不喜欢和他有任何的身体接触，就连一米的距离都不可以。因为我感觉,这样做似乎会对不起某个人。由此我才断定,他并不是我想终生陪伴的那个人。"

小四的回答,让在座的姐儿几个都大眼瞪小眼,一副不知所以然的模样。

小四接着说:"临来的时候,他曾经要求我为了他留下。我想,我不能欺骗自己的心啊,所以便拒绝了。就这样,我们两个好合好散吧算是,就愉快地分手了!"

我们都哑然无语。

还需要说更多吗?我们都把爱情看成了一件很神圣的事情,可就是这件神圣的事,让小四经历了一场大"乌龙"。

此后,萧炎便在我们的圈里消失了,消失得那么彻底,就好像从来就未曾出现过一样。

小四的生活也很平静,没有一丝波澜。有些时候,我真的怀疑,萧炎这个人,是不是真的存在过?

一年之后,小四毫无留恋地离开了北京。原因无他,只因遇到了一个让她值得离开的人。

原来,我们在外的漂泊并不是因为自己的坚持,而是因为还没有遇到一个能够让你放弃漂泊的人,还没有遇到一个能够让你心甘情愿与他落地生根的人。

如今,小四已经有了一个可爱的女儿。当我们再次谈起这段"乌龙往事"的时候,小四总会说:"有这么一段经历倒也不错,否则我就不会在遇到他的时候,就认定他是我要找的那个人了。"

　　周国平说,爱,有时候就是一种错觉。当你以为自己爱了的时候,不妨让自己暂时远离,把心里升腾的爱火人为地灭一灭,然后重新打量你自以为爱着的对象,看看自己是不是具有足够懂得他的能力,至少是不是愿意努力地去了解他、理解他,并始终欣赏着他。然后,你还需把他所有的优点全部抛开,只看他的缺点,并尽可能放大他的缺点,再问问自己,你能不能够包容?在今后的岁月里,你会不会因他的这些缺点不仅没有改变,反而膨胀,而轻易地离弃?你是否愿意无论贫富、疾病、环境恶劣、人生失意失利,都一心一意、忠贞不渝地爱护他,在人生的旅程中永远与他心心相印、相依相偎,直至白头偕老?

　　请把每种情形都好好地思虑一遍,并认真地在心里演绎一次。然后你可以作出肯定或否定的回答了。

种种爱前,一切刚刚开始

　　在这个世界上,就算你失去了所有,亲情还是会停在原地,等候着你的回首。

　　鞋托休年假回来,就是一脸闷闷不乐的样子。我凑上前去,"怎么了,一个年假的工夫,失恋了?"

　　鞋托很是郁闷,"没有,我跟老爸闹僵了。"

我有些诧异。鞋托的爸妈开着几家大型超市，忙都忙不过来，哪还有什么时间吵架。于是我问："怎么回事？"

鞋托说："我骂他怎么不去死，然后他打了我一巴掌。"

我惊异道："他可是你父亲啊！"

鞋托答道："父亲又怎么样？我们兄弟姐妹这么多，也不差我这一个！"

我有些愕然。

鞋托家里姐弟五个，在现代家庭中，算是非典型家庭了。或许也正因为这样，她的父亲才奋起前进，接连开了几家大型超市，在当地也算是数一数二的富裕人家了。

看她一副愤愤不平的样子，我也就不再说什么了。毕竟，气头上的人是不理智的，甚至会做出很不可思议的举动，会让清醒过来后的自己都懊悔不已。

几天后，我接到了一个陌生电话，是鞋托的父亲打来的。为防万一，我们会把彼此的号码告诉家里人。这是我们的习惯。

接通电话后，我原本打算把电话给鞋托，却被鞋托的父亲拦下了。他说："她不愿意接电话，就不要给她了。我只是想让你告诉她，生活费我已经给她打过去了，不要省着，想吃什么就买什么，别委屈了自己！"

挂断电话，我把她父亲的话一字一句地转达给她，鞋托没说话，只低头继续自己的事情。

我也只能在心中叹气。遇到一个倔脾气的女儿，连父母也得跟着委屈。

后来，鞋托得了急性阑尾炎，大半夜地被送往医院。我们几个好友也都折腾着起床，一路跟随到了医院。

医生让通知家长，我想，还是等天亮一些，再打电话给她父亲吧。电话里也只说鞋托生了病、住了院，并没有什么大碍。

当天晚上，鞋托的父母便风尘仆仆地赶来，身上披着大衣，头发凌乱着。

鞋托的父亲问："怎么样？"

我说："叔叔，您不用担心，已经做完手术了，她正在休息。"

病房内，鞋托已经醒过来了。

她的父亲走上前去，问："感觉怎么样？饿吗？想吃点什么？"

鞋托不说话，只呆呆地望着天花板。她的父亲叹了口气，给她母亲使了使眼色。她母亲便上前问："刚做了手术，你要不要吃点东西？想吃什么给妈妈说，让爸爸去给你买。"

鞋托这才回话："不用，我不饿。"

她妈妈还想再说什么，被她父亲给拦下了。

第二天早上，她父亲还要赶回去处理生意上的事。临行前，她父亲对我说："她的性子就是这样，很倔，她有什么不开心的事情，你就多开导开导她。她一个人只身来到这里，也多亏你照顾她了。"

当天下午，我也返校了。

走时，我和鞋托的母亲约定："晚上我再来看她。"

到了晚上，我让已经两天一夜没合眼的她的母亲去睡了，而我则坐在鞋托的床边。鞋托睁着眼睛,并没有睡觉的意思。

我说:"你不困吗?怎么还不休息?"

鞋托闭了闭眼睛,"睡不着!"

我看了看手腕上的表针,"这个点,你父亲应该也到家了。"

提到她的父亲,鞋托眼角流出了泪水,我知道,她现在很悔恨,因为这种滋味我也品尝过。

只有在亲情面前,我们才会肆无忌惮地发着脾气,才会说着最伤人的话语。因为在我们的潜意识中,只有父母才不会因为我们的不可理喻而远离。只是,脾气之后涌上来的便是无尽的悔恨,为了年迈的父母,也为了这一段被浪费的光阴。

我说:"既然不舍得,为何不打电话认个错?"

鞋托说:"你知道吗?当他打我一个耳光的时候,我的整个世界都好像崩塌了一样。他从来都没有打过我,从来没有!"

我说:"可是,你怎么不想一下,你说的那句话对你父亲是多么大的伤害?"

鞋托静静地望着天花板,不再说话。

我继续说道:"托儿,一个耳光之所以会给你造成这么大的伤害,并不是因为这个耳光有多疼,而是打你耳光的人是你父亲。你在乎这份亲情,所以容不得亲情里面有任何风吹草动。托儿,想开了就知道,其实这些伤害都是自己心里的臆想,在现实中没有存在过。"

我们总以为自己失去了亲情,可哪知道,在这个世界上,就算你失去了所有,亲情还是会停在原地,等候着你的回首。

在种种爱的面前,一切刚刚开始。

损失了的文物永不能复原,破坏了的古迹再不会重生。我们曾经满世界地寻找真诚,当我们明白最晶莹的真诚就在我们身后时,猛回头,它已永远熄灭。此后,我们流落世间,成为飘零的红叶。

所以,请放下心中的偏见,原谅自己自以为是的猜疑,原谅自己对亲情的"背叛",给自己一个救赎的机会,不要让最晶莹的真诚,成为这世间最大的遗憾。

就算要做飘零的红叶,我们也要做那最真实、被爱守护的红叶。

自己的故事,自己终了结局

故事的结局直到最后一刻才被我们自己猜透,似乎带着几分悬念,又带着几分理所当然。

电影《飞屋环游记》中一段神奇的关于探险的演讲,让酷爱冒险的幼年卡尔·弗雷德里克森产生了冒险的想法——一定要亲自去一次南美大瀑布,探寻查尔斯·穆兹在演讲中提到的"幻境"。

然而，并不是所有的梦想都能变成现实。

在遇到同样想探寻南美大瀑布秘密的美丽的艾丽之后，卡尔的生活发生了巨大的变化，不得不将探求南美瀑布秘密的计划搁置下来。

也许谁也没有想到，这一搁置，就过去了数十年。在这数十年间，卡尔和艾丽为生活而奔波，从长大到结婚，然后再到相伴变老。虽然被搁置了这么多年，探寻南美瀑布秘密的梦想，始终萦绕在卡尔和艾丽的心头。

也许很多人都是这样，都曾有一件或几件魂牵梦萦，却终究没能实现的事情。不是没有机会，而是被其他的事情所扰，慢慢地也就耽搁了。

艾丽离世了。生性沉默寡言的卡尔，变得更加落寞，也更加孤独。

于是，政府便准备送卡尔去养老院安度晚年。

于是，便有人要拆掉他的小房子，把空出来的地盘另作他用。

可能这就是大多数人，在进入老年之后，会考虑和采取的安排，但我知道，这绝对不是卡尔想要的安排，他不想要这个结果。

他还有没完成的美丽的梦想。他不容许别人破坏他的梦想，就像要强行搬走他和艾丽的房子一样。

所以，他才会失手打伤前来施工的工人，让双方的关系陷入了僵局。

很多人都会在不经意间，让自己陷入看似绝境的困境。这个时候，你会怎么办？你是否会像卡尔那样毅然而决然地行动呢？

夜幕降临，当卡尔有心做出让步的时候，他对房子里的一切充满了留恋。

他翻开相册，回忆他与妻子艾丽的相遇、相知、相爱，以及婚后一起生活的这么多年。

然而，曾经萦绕在他们心头的那个愿望呢？它在哪儿？

卡尔决定必须做出一些改变。他决定要做些什么呢？

当太阳再次升起的时候，卡尔在施工人员的面前，掀开了盖在房子上的帐篷，让一大串色彩斑斓的气球，从房子的壁炉烟囱里飘了出去，拉着房子一起升起，顺风飘向远方，开始了充满梦幻的冒险之旅。

其实，我们的生活多是这样的，当外部条件的改变，让我们不得不随之做出改变的时候，我们才学会去适应新的环境。

而只有跨出了这一步之后，我们才发现，我们更多是被自己的想象困住了手脚，真实的困难其实没有那么强大。

在脱离施工人员的围堵，并带着房子以及房子里的所有物什升空后，卡尔才发现，跟着自己升空的，还有一个"侵入者"——一个名唤罗素，自诩"荒野冒险家"的八岁男孩。不得已，卡尔只得带着罗素，开始了一段惊险刺激的冒险之旅。

而卡尔并不知道前方的路程到底会怎样，但为了实现他与妻子艾丽曾经的共同梦想，他还是选择了坚强、勇敢面对。

罗素的加入，让卡尔的旅途变得有些糟糕和始料不及的同时，也增加了一些无法预知的乐趣。这就像人生旅途一样，并不是每一件事情都符合自己的期待，也并不是每一个因素的加入，都会破坏原有的和谐关系。

实际上，罗素绝非第一个"侵入者"，在罗素之后，大鸟"凯文"、饱受嘲讽的"间谍狗"道格的相继加入，在将卡尔一步步引向探险之旅的终点的同时，也将卡尔引向与查尔斯之间的决战……

无论是湍流还是浅滩，鸟飞过的地方，都可以留下我们的足迹。

如果生命之舟即将划入浅滩了还不改变，那我们还能改变什么？

人生是一场最虚幻故事，我们是故事的主角，也是故事的作者，我们是经历故事的人，也是写故事的人。奇妙的是，故事的结局直到最后一刻才被我们自己猜透，似乎带着几分悬念，又带着几分理所当然。

写一个故事，写我自己的故事。